CONFEDERATE GOLD

BY ANNE AND WINIFRED FLUKER

With an Introduction by Richard Harwell

I0629516

Cherokee Publishing Company
Atlanta, Georgia

Fluker, Anne, 1880-1955.
  ₍Confed'ric gol'₎
  Confederate gold / by Anne and Winifred Fluker ; with an introduction by Richard Harwell. — Macon, Ga. : Tullous Books, 1984.

  xii, 140 p. : ports. ; 20 cm.

  Reprint. Originally published: Confed'ric gol'. Macon, Ga. : J.W. Burke, 1926.
  ISBN 0-916913-01-5 : $10.95

  1. United States—History—Civil War, 1861-1865—Fiction.   I. Fluker, Winifred, 1886-1954. II. Title.

PS3511.L915C6   1984   813'.52—dc19   84-16231
                                                     AACR 2   MARC

Library of Congress

Originally published as *Confed'ric Gol'* by the J.W. Burke Company,
Macon, Georgia
© 1926 by Anne Fluker
Reprinted by Tullous Books, P.O. Box 6322, Macon, Georgia 31208
© 1984 by W. Henry Harris, Jr.

This book is printed on acid-free paper which conforms to the American National Standard Z39.48-1984 *Permanence of Paper for Printed Library Materials.* Paper that conforms to this standard's requirements for pH, alkaline reserve and freedom from groundwood is anticipated to last several hundred years without significant deterioration under normal library use and storage conditions.

Manufactured in the United States of America

ISBN: 978-0-87797-350-8 Hardcover
ISBN: 978-0-87797-351-5 Paper

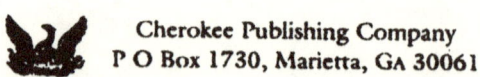
Cherokee Publishing Company
P O Box 1730, Marietta, GA 30061

CONFEDERATE GOLD

WILLIAM T. FLUKER, JR. (MARSE BILLY)

Private and Sharpshooter, Company D,
Fifteenth Georgia Regiment, C.S.A.

CONTENTS

ILLUSTRATIONS

INTRODUCTION

CONFEDERATE GOLD was a family production. It is a book
of the reminiscences of William T. Fluker, Jr., a private in
Lee's Army of Northern Virginia, rendered as fiction by two of
his daughters, Anne and Winifred Fluker. In writing their stories
they drew not only on their father's stories but also on those of
their mother Emily Reid Murden Fluker, their sister Cornelia
Fluker Jackson, and their brother William Henry Fluker. Wil-
liam Henry, a trained draughtsman, made the cover design and he
and Cornelia arranged for the book's publication in 1926 by the
J. W. Burke Company of Macon, Georgia.

In advertising *Confed'ric Gol'* its publisher called it "truly a
Confederate treasure." Burke's catalog declares: "The authors have
taken the actual experiences of their father during the war of the
'60's, and, with barely enough fiction to string them together, have
produced ten stories of appealling charm. . . . The stories them-
selves are interestingly told, rising to superb heights in the hor-
ror at Gettysburg, and sinking to low thrilling pathos at Appomat-
tox. Perhaps the interest is greatest, however, when old Dave tells
of the mysterious loss of those wagons, filled with Confederate
gold—a mystery which remains unsolved to this day."

William Thomas Fluker, Jr., was born in the Orchard Hill com-
munity of Taliaferro County, Georgia, in 1845. His first Ameri-
can ancestor, David Fluker, came to Virginia about 1700. His
great-grandfather Owen Fluker came to Georgia about 1760 and
settled in the portion of the colony that later became Wilkes
County and in the portion of Wilkes that later became Taliaferro.

INTRODUCTION

He fought in the small but important battle against the British at
Kettle Creek in 1779. The Flukers spread throughout Middle
Georgia. W. T. Fluker, Sr., born in 1803, was one of twelve
children of Isaac Fluker. W. T. Fluker, Jr., born October 6, 1845,
was one of ten and the father of fourteen.

W. T. Fluker, Jr., enlisted in the Stephens Home Guard of
Crawfordville in the spring of 1861. This became Company D of
the Fifteenth Georgia Regiment. He served throughout the war
and was twice wounded while acting as a sharpshooter, in the Seven
Days Battle before Richmond and at Fredericksburg. Concerning
his experiences in the Gettysburg campaign he wrote a long
reminiscence for the Washington (Georgia) *Chronicle* about 1890.

He recorded sometime after the war: "We engaged in all the
battles of Gen. Longstreet in his East Tennessee Campaign in the
fall and winter of 1863 and 1864. I served the entire time of
the war with the famous old Army of Northern Virginia and par-
ticipated in all the battles of this Grand Old Army except the
first battle of Manassas (Bull Run) and Chancellorsville." After
Appomattox he returned to Georgia. He set up business in Wash-
ington about 1867 and in January 1869 married Emily Murden
of Robinson, Georgia. He died in Washington April 12, 1911.

His daughters Anne Caroline (April 28, 1880—November 22,
1955) and Mabel Winifred (May 31, 1886—March 24, 1954)
lived at the Fluker home on Spring Street in Washington and wrote
together these stories based on their father's recollections. Their
nephew, Edward H. Fluker, Jr., recalls: "Both were accomplished
musicians. Annie played violin and mandolin. Mabel played violin,
cello, and piano. Both sang in the choir of Washington's First
Baptist Church.

"Annie was a teacher. She taught at Washington High School, at
a one-room school in Ficklen, Georgia, in the public school at
Sarasota, Florida, and in a private, open-air school there. Her most
successful years were at Atlanta's Washington Seminary. She was

a painter (in oils and in watercolors). She was a skilled carpenter and stonemason. During the summers she built barns, repaired roofs, planted crops, and raised livestock. She excelled at crocheting, hooking rugs, and sewing. She made pottery, and many times I watched her spinning a potter's wheel. She knew birds by their songs and she had a 'green thumb.' She was the most talented woman I ever knew.

"Where Annie was outgoing, Mabel was self-contained and rarely left Washington. She managed the extensive Fluker household, cooked the meals, ran the livestock, milked the cows, raised turkeys, chickens, fancy pigeons, ducks, geese, and guineas. She too had a 'green thumb' and had *her* section of the formal garden in which she grew beautiful tulips and irises. Like Annie, Mabel had a talent for watercolors.

"Mabel's dream was to be a successful writer. My recollection is that Mabel wrote the basic stories in *Confed'ric Gol'* with Annie, William, and Mother Emily adding to the background material. I am sure they all contributed but feel that Mabel wrote most of the chapters, with editing and corrections by Annie."

Yes, *Confed'ric Gol'* was a family production in the 1920's. It is a family production again in the 1980's. Its republication has been conceived and supported by W. Henry Harris, Jr., great-great-grandson of W. T. Fluker, Jr., and the drawings for the dust jacket and information about his aunts have been contributed by Edward H. Fluker, Jr., grandson of W. T. Fluker.

There is a homespun quality in the stories that engenders affection for its authors, for W. T. Fluker, Jr., and for "Uncle Dave", the narrator who was the Confederate private's body servant. It is through him that the book achieves special distinction, for its representation of the Negro dialect of this part of Georgia is unsurpassed. The dialect is recorded in more specific phonetic detail than is that of Joel Chandler Harris's Uncle Remus stories. Sometimes it makes reading a little difficult (who but a Georgian will recognize "lit'od" as "lightwood"?) but it is masterfully done, rivalled only by the dialect of the Georgians of the 1830's as given in Richard Malcolm Johnston's little known *Georgia Sketches* (Augusta: 1864). What a New York reviewer said of one of Johnston's later books (in 1884) is true also of *Confed'ric Gol'*: "The dialect . . . could only be caught by one who studied it with a scientific appreciation of its peculiarities. It has a peculiar value in that respect. There is a charm in the quaint English of those times, and the humor derives a flavor of its own therefrom."

Washington, Ga.   RICHARD HARWELL
4 August 1984

ANNE CAROLINE FLUKER

MABEL WINIFRED FLUKER

THE FOLLOWING IS A

FACSIMILE OF THE 1926 EDITION

CONFED'RIC GOL'

BY ANNE AND WINIFRED FLUKER

The gold of the South and her strength
Lay deep in the hearts of her brave,
And when the Great Refiner collects it
He'll not miss the heart of old Dave.

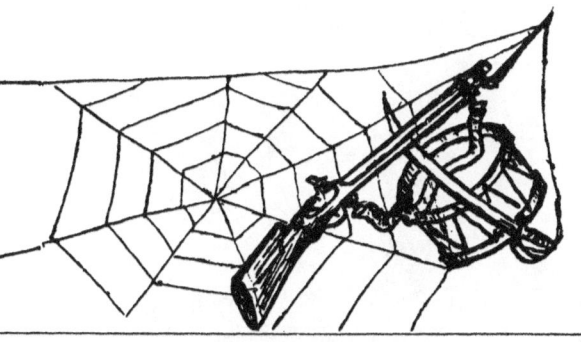

THE J. W. BURKE COMPANY
PUBLISHERS
MACON, GEORGIA
1926

TO OUR MOTHER

and her sisters of the South whose loyalty to a common cause, and whose love for brothers and sweethearts warmed the snows of Northern Virginia and made bearable the hardships and heart-breaks of the

PRIVATE soldier.

PROLOGUE

———◆———

THE heat was intense, the cotton rows interminable, the hoe hands lagged as the musical ring of the hoes lost its sharp staccato and there was no sound of singing in the field.

Old Dave stirred as he sat drowsing in the Jack Bean shade of his little "*peazzer*" and looked up at the sun.

" 'Bout fo' hours high," he muttered, "too soon ter go atter de cows. Lawd, ain't it hot!"

He reseated himself, carefully tilting his chair until he got it properly balanced on two legs, thus giving his old head with its scant covering of white wool a comfortable resting place against the bleached chestnut logs of his cabin wall, and so resumed the dreaming, which is the perquisite of the aged.

To him the life he *had* lived was so much more real than the life being lived around him. To reach those he most loved he needs must travel back some three score years, and so often had he taken this backward trail that he had lost his perspective and had left so much of himself in that shadow land of long ago that the past seemed real and the present unreal.

The other negroes on the plantation considered him harmlessly demented and, while carelessly pitying him, they left him to the solitude he desired and only the grandchildren of his former master, in their eagerness for stories of the past, were willing to travel with him the winding trail that led back to his rich storehouse of memories.

He and a small great-grandson were the sole occupants of

9

the deserted "quarter," and they lived alone in the cabin in which he had been born. He had refused to occupy a more comfortable cabin and was quite undaunted by the stories which the other negroes told of the "hants" and "sperrits" who occupied the other dilapidated cabins. He had been born here. From his doorway his dim, old eyes could still see the "big house" that had sheltered the masters of his fathers for many generations and now, as age enveloped him in lethargic repose, within its shadow he was content to wait for the call.

Often as he sat dozing through the heat of the day, many scenes were reviewed by the old brain which still held its impressions of the past with unusual clarity. The scenes were most often shifting visions of busy plantation life, visions thronged with his happy black companions of long ago. He saw himself a black pickaninny among the many pickaninnies who thronged the busy quarter.

One scene in particular he remembered most clearly of all those early visions. His grandfather, dressed in his shabby Sunday best, had pushed him into "Miss Calline's" room where Marster sat by the bed and where a small red-faced new baby lay with fuzzy head on "Miss Calline's" arm.

Marster looked up and smiled as they entered and said, "What is it, Elim?"

Dave remembered that his grandfather had straightened his bent figure with a certain dignity as he said, "Marster, Ah wants ter ax er favor uv you. My daddy wuz yo' gran'-paw's body-servant. Ah wuz yo' paw's body-servant and my Allen served you faithful tell 'e died. W'en li'l' Marse Robert and Marse Baldy wuz bawn you went out de line ter git dey body-servants. Yer took Derry's Reuben fer Marse Robert, an' yer took Dabney's Zack fer Marse Baldy, an now Ah axes yer ter take mer gran'son, Dave, fer dis chile, kaze hit's 'is right."

For a minute Marster's lips had straightened as if he were about to reprove the presumption, then he laughed and said, "Well, come on, Dave." And little Dave, obedient to his grandfather's push, had stepped forward and received the squirming bundle which Marster had laid in his arms.

"This is your young Master William, Dave," he said. "You are to be his body-servant and to take care of him always."

Dave had felt awed as, prompted by his grandfather, he gave the required promise to care for his little master, but at the time he had not realized what a tremendous change had taken place in his lowly estate. Thenceforth he was to be envied by his former companions, for he no longer dwelt in the quarter. He was fed from Marster's table and his pleasant days were spent in the big house where he was constantly at the beck and call of the small being, who tyrannized over him as over every member of old Marster's household, whether white or black.

Truly his lines had fallen in pleasant places, and as harvest succeeded spring, he had but little part in the plantation toil.

He was a boy and his chief duty was to follow a boy who, though a few years younger than himself, more than made up for the discrepancy of age by racial ingenuity. When they were out of sight of the house, as they generally were, there was no visible color line between them. They had been two boys together and it was share and share alike. He had no rifle, but he had his turn with his young master's and was almost as skillful at squirel shooting as was he.

So the bond of comradeship grew stronger through the years, and before either boy came to a realization of his rel

PROLOGUE

ative position the stormy period of "the sixties" came and forever wiped out the pleasant dream.

As old Dave dozed, the day waned; the sun dropped lower and lower, and at last, warned by the lengthening shadows that he still had one more duty to perform for this day, he rose and hobbled down the "old quarter parf" that had once been so broad, and which was now but a narrow zig-zag trail, scarcely wider than his hand.

CONFED'RIC GOL'

CHAPTER I

OL' SAL

OLD DAVE hobbled down the rocky path that led to the pasture. He was grumbling to himself over the pains in his stiff knee, when suddenly a small cyclone, done in black and white, appeared around the bend in the road and seemed to burst at his feet.

The old man straightened up and looked from the dust-covered children in the road to a half-grown spotted calf who, with head down and tail up, galloped away, bellowing his protests against the indignities so recently heaped upon him.

"Whoa, Sal!" called the old man, after the retreating calf.

"Unker Davy, whut you call my calf 'Sal' for?" demanded four-year-old Robert, scrambling to his feet. "Ain't I done tole yer he ain't no girl calf? His name is Buck."

"To be sho', honey, you is done tole me dat," replied the old man, "but de trufe is, 'e look so much lak ol' Sal dat I fergits all erbout hit."

"Regiment," this to his small black grandson, whose full name, Fifteenth Georgia Regiment Thomas, was inscribed in Marse Billy's big Bible. "Regiment, I say, whut did yer do ter dat calf?"

"I ain't done nothin', Granpaw," replied the little darkey, edging away from his suspicious grandparent.

"Yer is too, dat wuz yer work jes' es sho' ez yer is er lyin' nigger."

"It really wasn't his fault," interposed William, the older of the two white boys, "we were just riding the calf when all at once his back went up in the middle and we fell off at both ends."

"I felt his back break," screamed Robert, who believed in making himself heard, "it went right up and threw me off on Reggie."

"Dat calf's back ain't broke, chile, hit's jes' some er Regiment's debilment," said old Dave. "Dat nigger is gwine ter kill bofe er yer befo' 'e stop, and den Ah gotter tell yo' pa dat mer nigger done kill he chilluns in some sich fool way."

"Granpaw, I ain't done nothin' ter dat calf," denied Reggie stoutly. As yet nothing had been proven, and one does not have to incriminate oneself.

"Look er heah, nigger, don't you 'spute at me lak dat. Don't yer know I knows yer is lyin'? I

nebber oughter named yer atter Marse Billy's reg-
iment. Yer ain't in dat class. Yer tell me whut
yer done ter dat calf 'fo' Ah bus' yer open and fin'
out merse'f."

"Granpaw, sho' nuff, I ain't done nothin' ter de
calf," repeated Reggie, walling his white eyeballs
as he skillfully dodged his ancestor's threatening
hand, " 'fo' Moses I ain't."

"Heah, boy, I don' want no splavigations, I
wants de trufe." and old Dave seized his recalci-
trant grandson by the back of his ragged shirt.

"Sure enough, it wasn't his fault," repeated Wil-
liam, "and anyway none of us are hurt."

"Hit sho' ain't dat triflin' nigger's fault," said
old Dave, without relaxing his hold on Regiment's
shirt as he sank down on a log by the side of the
path, where for the first time he noticed the cul-
prit's feet.

"Whut yer doin' wid dem shoes on, nigger,"—
again his voice rose in threatening cadence—"ain't
Ah done put 'em up fer Sundays? Ah didn't git
'em fer yer ter scruff on lak dat. Whut's de matter
wid de heels on 'em?"

Before the little negro could make his escape the
old man seized his foot and drew it up for closer
inspection. In each heel there was a small wire
nail driven through from the inside. Dave knew

boys, and the sight of the nail was sufficient explanation, so he began a careful search among the saplings by the roadside.

Like a pall, fear descended upon Fifteenth Georgia Regiment. Well he knew, to his sorrow, that his grandfather was a connoisseur in the selection of hickories, and he began to plead.

"Sho' nuff, Grandpaw, I ain't hurted dat calf none, and 'fo' Moses, I didn' aim fer ter mek 'im do lak dat. Ah jes' retched down and poked 'im in de belly wid my spurrers, jes' tender lak. Ah wuz Marse Gen. Robert Lee an' us wuz 'tendin' us wuz sodgers an' gin'ls. Yer tol' us dat's de de way sodgers meks dey hosses go."

"Dar now," grunted old Dave, "Ah cyan' tell yer nothin' 'dout yer go tryin' hit. Some er dese days yer gwine ter start som'p'n yer cyan' finish wid dese chilluns an' den yer gwine ter lan' in de calaboose wid de chains 'roun' yer laigs. Ye'll look lak one er dem black Minorca chickens, lookin' out thoo de bars er de coop."

"Tell us about old Sal, Uncle Dave," said William, thinking to relieve—for Reggie—a trying situation. "You know you said you'd tell us a story about grandfather if we would keep off the potato patch after you put the straw on it, and we haven't been on it again."

"Tell us 'bout ol' Sal, Unker Davy," begged Robert, forgetting the recent indignity suffered by the spotted calf, who seemed to have forgotten it himself as he cropped the tender grass in the fence corners down the lane.

The old man's face lit up and he resettled himself on his log. "Co's' I gwine tell yer 'bout ol' Sal, honey; yer ain't been on dem taters nair time. Dat calf look jes' lak 'er fer de worl'."

Dave carefully eased his crippled knee before him, while the two boys seated themselves in the grass and motioned to Reggie who knew that, with his grandfather, out of sight was out of mind. He, too, dropped in the grass and on all-fours crept up back of the log on which his grandparent was seated. He lay on his stomach with his chin in his palms and rolled his eyes at the boys on the other side of the log, much to the discomfiture of Robert who could not refrain from a snicker in spite of William's warning punch. Old Dave saw none of this—he had his audience and there was nothing he loved so well as to re-live the days when he and Marse Billy "fit dem Yankees in de war."

He turned and spat a mouthful of tobacco "juice" exactly where it would do the most execution on the back of Regiment's wooly head. Both of the white boys giggled, and Reggie started up. He thought

better of it, however, and rolled beyond his grand-
father's line of expectoration and scrubbed his head
with a handful of grass.

"Well, honey," began the old man who was quite
ignorant of this bit of by-play and his share in it,
"hit wuz up in Virginger an' hit wuz long 'bout de
een' er de war. Hit wuz so col' hit would er friz
one er dese parlor b'ars. Hit had been er rainin'
an' er freezin' fer 'bout er week an' us had been er
foolin' 'roun' in camp fer er mont' er mo'. Marse
Billy an' de yuther white folks wuz er fussin' kaze
dey wa'nt no fi'tin' gwine on, but us niggers wa'nt
no ways partic'lar 'bout de fi'tin'. Us figgered us
jes' ez soon be friz an' die nachel ez ter have de
gizzard shot outen us any day. Well dar us stayed
an' dey wuz er fussin' an' us wuz er totin' wood
fer ter keep 'em warm when orders come fer us
ter march, an' gentermens! us marched. Us start-
ed 'fo' sunup an' us marched tell atter dark. Ah
nuvver did know whar us wuz gwine, ner whar us
wuz at when us got dar. All Ah knows is er white
gent'man rid up ter Marse Gen'l Bennin' an' talked
ter 'im kinder low lak an' den rid off. Well, us
camped right whar us wuz, widout no tents ner
nothin'; us jes' wropped up in our blankets an' went
ter sleep. Ah nuvver knowed nothin' else tell 'bout
daybreak when Ah waked up feelin' mighty cur'os

fer Ah couldn' see nothin' but jes' white ev'ywhar. At fust Ah thought Ah wuz daid an' gone ter de New Jeruzlem, but if Ah wuz, dey wa'nt nobody dar but jes' me, an' Ah knowed Marse Billy oughter be dar. Atter Ah got mer senses ter wukkin', Ah seed dat hit had done snowed in de night and kivered us up haid an' ye'rs. Ah riz up and looked eroun' an' us sho did look like er siminery, an' when de bugle blowed dem mens come up lak de rezzerreckshun. Mer backbone felt all creepy, jes' lak hit duz when Ah sees hants, but Marse Billy he throwed back 'is haid an' laff an' axed me wus Ah seein' sperrits. Ah knowed us wuz all right den kaze he wouldn' be talkin' out loud 'bout sperrits ef us wuz over Jordan.

"Well, us didn't hafter bother 'bout no wood *dat* mornin' kaze dem promissery waggins hadn' kotch up wid de line an' dey wa'nt nothin' ter cook. Us jes' rolled up our blankets an' started on down de ro'd. All de time us wuz marchin' Ah jes' kep' er studyin' 'bout whut wuz Ah gwine ter git fer Marse Billy's bre'kfus'. Ah steddied so hard dat Ah ain't paid no 'tenshun ter whar Ah wuz gwine, an' fus' thing Ah knowed Ah stepped right offen de bank an' rolled down in er holler. Ah got up an' breshed de snow off, an' den Ah heerd er cow say, 'moo', kinder confidenshal, lak she axin' somebody ter come milk 'er. I looked aroun' an' dar she stood right behin' me, de fattes', sleekes' cow yer ever seen, an' she had er rope 'roun' 'er horns lak de good Lord done had er tied up jes' fer me. Ah knowed Marse Billy wuz mos' starved kaze 'e ain' had no bre'kfus' ner supper ne'ther an' dar wuz de cow jes' ready ter start.

"Ah kotch up de rope, but 'bout dat time Marse Billy looked back an' he ax me whut wuz I gwine ter do wid dat cow—'e allus wuz too pertic'ler 'bout other folkses biz'ness—so Ah drapped de rope right quick an' squatted down side de cow an' hilt up mer canteen.

"Ah's jes' gwine ter milk dis cow,' sez Ah, 'she ax-in' ter be milked an' Ah sho' is de nigger fer ter do de job.'

" 'E laff and pitch me 'is canteen and went on. Atter Ah done filled up bofe er dem canteens Ah looked back an' see 'tain' nobody eroun' but some mo' private foot sodgers lak me and Marse Billy, only dey wuz different f'om Marse Billy kaze dey sho' wuz willin' ter let yer ten' ter yer biz'ness. One uv 'em wunk at me an' p'inted ter Marse Billy way up de line an' Ah kotch up de rope an' fell in. Dem sodgers commenst fer ter laff at me an' ax me wuz Ah gwine ter start er dairy, an' when wuz Ah gwine ter churn.

"I tol' 'em dat if dey raze a 'sturbance Marse Billy sho' gwine mek me tu'n dat cow er loose an' den dey wouldn' nobody git no hot soup fer dinner. Wid dat dey sho' shet up dey fuss and kinder spreaded out roun' me an' de cow.

"Well, us went on down de road' bout er mile 'fo' us had no trouble, an' den one er dem sodgers sez ter me, 'Look out, Nigger, look out!'"

"Ah looked up an' seed er white lady comin' down de road callin', 'Sook, Sook, come erlong, Sal!'

"Ah knowed jes' whut Marse Billy gwine ter do ter me ef dat 'ooman kotch me wid 'er cow, an' mer heart drapped jes' lak hit tryin' ter git out er de hole in mer shoe.

"Ah heerd 'er ax at de front er de line 'bout de cow an' Marse Billy 'e told er dat we done pass 'er 'bout er mile back, an' wid dat she start on down de line. Ah knowed hit wa'nt safe ter ris' merse'f wid dat cow no longer. Ah looked aroun' an' seed Marse Cap'n Jimmy Johnson ridin' erlong an' Ah knowed dat 'ooman wouldn' dast ter ax 'im fer 'er cow ef she seed 'im wid it, leastways *Ah* wouldn' ef Ah wuz in 'er place, so Ah jes' retched up easy lak an' tied de een' er de rope in de ring back er Marse Cap'n Jimmy's saddle, an' den stepped back in de line an' commenst fer ter 'ten ter mer biz'-ness.

"Gentermens! dat 'ooman fooled me. When she seed 'er cow she stopped right in front er Marse Cap'n Jimmy an' ax 'im whut 'e gwine ter do wid 'er cow. 'E tuk off 'is hat perlite, lak 'e do ter de ladies at home, an' tell 'er 'e sorry but 'e ain' seed 'er cow, den 'e gethered up de reins lak 'e gwine ter ride on. Dat 'ooman tuk holt er 'is bridle an' shuck 'er finger in 'is face an' call 'im all de kin's uv er rebel whut she think 'e is an' tell 'im ter tu'n 'er cow erloose.

"Marse Cap'n Jimmy 'e don' say nothin'. 'E jes' look at 'er er minnit an' den 'e lam 'is spurrers in 'is hosse's side lak 'e think 'e better ride on 'fo' 'e say sump'n. Hit don' do no good kaze dat 'ooman hilt onter dat bridle an' let out some er de stiffes' langwidge yer ever heerd. Yes, sir, a Georgia Majer would er been proud er dem words. Marse Cap'n Jimmy ain' no mean han' 'isse'f but 'e reckernize de fack dat 'e done been beat at 'is own figgers an' 'e jes' tek off 'is hat an hilt it under 'is arm an' give 'er one er dem smilin' bows whut 'e uster use on Marse Billy's sister. 'I'm sorry, ma'am,' sez 'e, 'but I really ain't seed yer cow', den 'e kick 'e hoss so hard dat 'e jerk de bridle loose and rid off widout lookin' back. Gentermen! if you all wuz growed up Ah could tell yer whut dat 'ooman said, but 'tain' no talk fer chilluns. W'en she seed 'e wa'nt gwine give up de cow she jes' wave 'er ap'on an' call, 'Good-bye, ol' Sal, de dam' Rebels is got yer.' 'Peard ter me lak dat cow knowed 'er voice, kaze she spreaded out 'er laigs an' stop so sho't dat she mos' je'k Marse Cap'n Jimmy's hoss out f'om under 'im. 'E look eroun' an' 'fo' 'e could git out er good cuss word—an' 'e ain' no slow man ne'ther—dat cow she histed er tail an' tuk off up dat line lak bats f'om de bad place. She went f'om de back een' ter de front een' bellerin' an' er pawin' lak de Ol' Boy 'isse'f. Marse Cap'n Jimmy's hoss look mighty s'prized lak, but 'e foller de cow back-'ards an' dey knocks over sodgers lak a mowin' masheem. Dat cow did mix up Marse Billy's comp'ny scan'l'us; hit didn' tek er but 'bout five minnits ter do whut dem Yankees ain' done yit. I ain' *nuvver* seed sich er mess er confusion as dat cow made wid dem sodgers dat day. Dey 'uz er rollin' an' er cussin' in dat snow an' mud tell de rope give way an' de cow lit out down de road fer home." Here the old darkey paused and chuckled with much enjoyment.

"What did Captain Jimmy do to you when he found out?" asked William.

"Nothin'. 'E ain't nuvver *foun'* out. W'en 'e ax dem sodgers 'bout hit, 'peared lak didn't none uv 'em know nothin', an' I sho' ain' tol' kaze Ah had done seed de whites uv Marse Cap'n Jimmy's eyes w'en 'e look back an' seed dat cow, whut 'e ain' nuvver saw befo', tied ter de back uv 'is saddle.

"Didn't my grandfather have any dinner?" asked Robert.

"Sho'! W'en us got back ter camp us drunked dem canteens full er milk whut de cow lef' behin'. Atter Marse Billy done drunk de las' drop 'e look at me out er de corner uv 'is eye an' 'e say, 'Dave, you wuz shootin' fer bigger game dan whut you got dat time.'

" 'Yas, ser, Marse Billy,' sez Ah, 'but Ah sho' is glad Ah milked 'er 'fo' she lef' an' maybe de good Lord'll send sump'n else 'fo' mornin': I sho' is gwine ter lissen fer 'Im ter talk.'

"Dat wuz de wust night ever come offen de calendar. Us wuz too tired ter move an' de promissery waggins hadn' come an' us didn' have nothin' ter eat an' no tents. Us laid down by de camp fire an' I kinder quirled merse'f up 'roun Marse Billy's foots fer ter keep 'em warm an' fus' thing Ah knowed I wuz 'sleep.

"Jes' 'fo' day Ah woked up and foun' all er Marse Billy's kivers on me an' 'e wuz er settin' by de camp fire wid 'is haid in 'is han's. My heart mos' busted fer 'im w'en Ah seed de shiny draps runnin'

thoo 'is fingers, kaze Ah knowed 'e wuz hongry an'
sick, fer 'e folks. Seemed lak Ah heerd ol' Miss say,
'Dave, you tek keer er mer baby fer me.' Ah
knowed Ah had done promis' dat Ah would.

"Ah croped out fum dem kivers an' went on tell
Ah found anuther nigger dat wuz woke. Ah
knowed Ah couldn' wake none 'dout raisin' a 'sturb-
ance. Me an' dat nigger jes' snuck erlong tell us
got ter de gyard. 'E ax us whar us wuz gwine an'
Ah tole 'im us wuz gwine atter bre'kfus'. 'E tole
us ter go ter hit, an' 'e gimme fo' mo' niggers an'
some sacks. Us scoured dat country fer 'bout fo'
miles, speshally de hen rooses and de tater hills, an'
Man! W'en us got back us *had* bre'kfus'."

"Whut Marse Billy do ter yer 'bout stealin' dem
chickens?" asked Regiment, forgetting his retire-
ment.

"Who dat talkin' 'bout stealin'?" demanded his
grandfather reaching for his stick. "Yer black
rascal, git up outen dat grass an' go atter dem
cows."

CHAPTER II

"WHO'S dat 'ooman er cryin' en er gwine on in Marster's office?" asked old Dave, of William, as he and Robert came into the barn where the old man and Reggie were turning some new hay that had been put up too soon on account of an untimely storm.

" 'Taint nobody but Aunt Mary Jones," answered Robert, making a headlong dive into the hay.

"Whut ails 'er? She ain't took de 'flooenzy is she, er dat new sleepin' 'zeze whuts gwine 'roun' in de papers?"

"No," answered William, "but I reckon you'd cry, too, if you were in her place."

"Yer reckon?" asked the old man doubtfully. Then as William didn't seem disposed to part with any superfluous information he asked, "She ain't comin' thoo is she? Ah ain't heerd er no meetin's gwine on 'roun' hyr."

"No," answered the boy, impressively, "her son's been drafted."

"Been which?"

"Drafted."

(26)

"Whar at? 'Tain't hu't 'im much is it?" asked the old man, becoming more curious as his bewilderment increased.

"No, not yet, but he may get killed," was the impressive answer. "You see, when a man's drafted he has to go to the war whether he wants to or not."

Light dawned on the old man's black face as he leaned for an instant on his hay fork. "Grafted," he said slowly. "Me an Marse Billy didn' know nothin' 'bout no graftin' when us went ter de war; us called hit conscripchurin'. All de quality went kaze dey wanted ter go an' de ha'f strainers an' de trash went kaze dey wuz conscripchured lak dat nigger yer talkin' 'bout now."

"Well, 'drafted' is what the papers call it and I guess they know as much as you do about it, even if you did go to the war with my grandfather," and William turned away indignantly.

"Grafted er conscripchured, hit's all de same," chuckled the old man reflectively. "Anyway hit won't hu't me none kaze Ah ain't got nothin' ter graf' 'cepin' Reggie dar, an' de Ol' Boy wouldn' graf' him ter keep 'is fiah up ef 'e knowed how triflin' 'e wuz 'bout totin' in wood. Me an' Marse Billy went ter de war kaze nobody couldn' keep us f'om gwine an' hit would er took mo' den er graf' ter keep us home."

Instantly William was mollified. Here was a chance for a story. He came back and seated himself in the fragrant, half-cured hay through which Reggie and Robert were constructing tunnels.

"Uncle Dave," he said, "my grandfather was such a good soldier, why wasn't he an officer?"

Old Dave likewise seated himself after investigating his pockets for his plug of tobacco before answering. "Yer mighty right when yer say yo' granpaw wuz er good sodger. Marse Robert an' Marse Baldy wuz bofe orficers, Marse Robert in de kevelry an' Marse Baldy in de artillery, an' whilst Marse Billy wuz jes' ez good er sodger ez dey wuz, an' done er sight mo' sho' 'nuff fightin', us wa'nt ol' 'nuff ter jine de gine'ls an' de cap'ns. Hit wuz all us could do ter git in de privates.

"Yer see Marse Billy'd been 'stracted ter go sence de day w'en 'is brudders dressed up in dey nuniforms an' rid off in de kerridge wid dey baggage en dey body-servants. Marse Robert alluz wuz full er mischeevious pranks en 'e tease Marse Billy 'bout bein' too li'l ter go, en rid off laffin', but Mrase Baldy jes' put 'is han's on Marse Billy's shoulders en tol' 'im ter keep keer uv 'is Ma whilst 'e's erway en den, jes' 'fo' 'e lef', 'e say, 'Billy, yer kin have mer new rifle en mer sorrel colt. She'll be ready ter break by fall,' en wid dat 'e jump in de kerridge wid Marse Robert en Ol' Marster en druv off, whilst Derry en Zack rid on behin'.

"Well, sir, dat night atter Ah'd he'ped mer mammy clean up in de kitchen—she wuz Ol' Marster's main cook—Ah wuz er gwine on back ter de quarter w'en Ah seed one er de stable do's open en Ah thought Unc' Peter had forgot ter shet hit. Ah went up ter de do' en Ah seed Marse Billy wid 'is face down in de sorrel colt's mane en bofe arms 'roun' 'er neck. Ah knowed 'e wouldn' want me ter see 'im cryin' lak dat so Ah jes' slipped out de way Ah come but Ah heerd 'im say, 'Nemmine, Fleta, we's ergwine too'—en Ah knowed 'e meant hit.

"De nex' mawnin' Miss Lucy went on back ter school, en long 'bout de middle er de eb'nin' us went back ter Penfield whar *us* wuz gwine ter school but Marse Billy nuvver did pay no mo' 'tenshun ter 'is books atfer dat. Eb'y time 'e went home uv er Friday eb'nin' 'e'd tease Ol' Marster ter let 'im go.

"Dis kep' up fer 'bout two mont's—Ol' Marster would 'suade 'im ter go on back ter school, 'e'd tell 'im dat 'e wuz too young—dat de 'lis'ment orficers wouldn' tek 'im in, but Marse Billy jes' beg 'im ter let 'im try anyhow.

"One day whilst dis wuz er gwine on Marse Billy got er letter f'om Miss Lucy en hit didn' come

thoo de mail—deef Jerry rid over en foch hit.
W'en Ah tuk de letter Ah didn' ax 'im nothin'
'bout whut wuz in hit kaze Ah knowed Marse Bil-
ly'd tell me 'isse'f, en den, too, Ah nuvver could git
not saterfaction out er axin' 'im nothin' 'count er
'im bein' so hard er hearin'.

"Ah jes' tuk de letter on out ter Marse Billy
whar 'e wuz settin' under er big tree tryin' ter steddy
'is lessons wid er newspaper spreaded out ober 'is
book.

" 'E tuk de letter en Ah sot down on de grass ter
wait ez 'e mos' alluz read 'is letters ter me atter 'e
read 'em ter 'isse'f. Howsomever, 'e read dis one
thoo en didn' say nothin', 'e jes' sot still lookin'
way off. Bymeby 'e read hit thoo ergin en den 'e
say, 'Dave, Baldwin has been kilt in 'is fust squirm-
ish. De Souf has los' one uv 'er bes' mens en Ah'm
ergwine ter tek 'is place. We is gwine home ter-
reckly atter dinner en you kin pack mer bags now.'

"On de way ter de house Marse Billy met de
school marster en tol' 'im whut 'e wuz gwine ter do.
De marster shuck han's wid 'im en say 'e don' blame
'im fer gwine, an' dat 'e gwine ter 'lis' 'isse'f jes'
ez soon ez school wuz out. 'E say de biggis' er
'is scholars wuz already gone en 'e didn' hab nothin'
but er passel er li'l' boys dat wuz too young ter go,
en dey wuz er drillin' en er gwine on all de time
'stid er steddyin' dey books.

"W'en us got home dat night Ol' Marster met us at de do' but 'e didn' say nothin' 'tall, 'e jes' put 'is arm 'roun' Marse Billy en tuk 'im on in Miss Calline's room whar Miss Lucy wuz already at.

"Ah know'd 'e wouldn' hab de heart ter tell 'em whut 'e wuz 'termined ter do dat night en Ah went on ter de quarter whar eb'y nigger wuz er moanin' fer Marse Baldy.

"De nex' night atter Marse Billy had done tol' Ol' Marster dat 'e jes' couldn' stay out de war no longer Ah wuz er settin' out on de hoss block ter hear how 'e come out en Ah heerd Ol' Marster talkin' ter Miss Calline lak 'e tryin' ter reason wid 'er. 'E tell 'er dat Marse Billy done come home fer ter go ter de war, en dat 'e don' 'zackly see how 'e gwine ter keep 'im back.

"Den Ah heerd Miss Calline say, 'Oh, Willum, 'e is mer baby! Sho'ly you ain' goin' ter let 'em hab 'im, too'—en she wuz cryin' easy lak.

"Ol' Marster kep' on talkin' en 'suadin', 'e tell 'er dat Marse Billy won' go right straight *ter* de war, but dat 'e'll be sont ter 'Lanta ter trainin' camp fer six mont's en dat de war wuz mo' 'en ap' ter be ober by den. 'E say, too, dat if de war kep' on an' Marse Billy got called, it 'ud be better fer 'im ter know how ter fight an' tek keer uv 'isse'f w'en 'e did go.

"Bymeby Miss Calline say dat if 'e want Marse Billy ter do dat, she ain't got no mo' ter say, but she cry some mo' en Ol' Marster jes' sot dar in de moonlight wid 'is arm 'roun' 'er an' don' say nothin' fer er long time.

"W'en Ah went upsta'rs nex' mawnin' fer ter wake Marse Billy up 'e wuz already dressed. Ol' Marster had done tol' 'im whut day had 'cided en 'e wuz 'stracted ter git off. 'E say 'e ain' gwine ter tek me wid 'im kaze dey don' 'low body-servants in de privates—en 'sides dat 'e say 'e ol' 'nuff ter tek keer uv 'isse'f.

"Ah ax 'im who gwine ter bresh 'is clo'es, en who gwine ter shine 'is shoes, en who gwine ter git 'is shavin' water ginst 'e git ol' 'nuff ter shave, but 'tain' no use, 'e say Ah ain' gwine.

"Dat day Marster made 'rangements fer 'im ter go wid Cap'n Farmer's comp'ny ef 'e could git in. De comp'ny wuz ter leave Crawfordsville on Wenzday uv dat week en us had ter go on Chusedy which wuz de nex' day.

"W'en Ah packed Marse Billy's bags Ah packed mine, too, en whilst Ah wuz er shinnin' 'roun' de house fer ter keep Marse Billy f'om seein' 'em, Ol' Marster come erlong en ax me wuz bofe er dem Marse Billy's bags.

" 'Yes, sir,' Ah sez, 'dey is bofe Marse Billy's

jes' lak *Ah* is Marse Billy's. W'en 'e go Ah goes 'long wid de res' uv 'is baggage.'

"Ol' Marster didn' say nothin' but Ah knowed 'e wuz pleased en 'e mus' er tol' Miss Calline kaze she come 'roun' ter de kitchen en say how glad she wuz dat Ah wuz gwine.

"She stood dar wid 'er li'l' white han' on mer sleeve en she wuz so li'l' an' pale, an' 'er chin trimbled so dat she couldn' hardly talk. She say, 'Dave, Ah'm so glad yer is gwine wid 'im. 'E's sich er li'l' boy ter me—tek keer uv 'im, Dave, en bring 'im back ter me no matter whut happens. Don' let 'em leave 'im on de battlefiel' lak dey done Baldwin.'

"De Lawd knows Ah tried ter promise Ol' Miss whut she wanted but Ah couldn' git mer Adam's apple swallered in time ter say nothin'—Ah dunno whut de real use er dem things is but dey sho' is pow'ful onhandy when day's any kin' uv bereavement gwine on. Ah heerd Marse Billy comin' en Ah hurried on out de back do' whilse 'e tol' Ol' Marster dat 'e'd ride de sorrel colt in, en dat Ah c'ud go on wid 'is baggage en bring er back. Ah heerd all dat but Ah nuvver said nothin' kaze Ah knowed Ah wa'nt de nigger whut 'ud ride dat sorrel home.

"W'en Ah stropped de bags on de mule Ah put

Marse Billy's fiddle on de off side whar 'e could'n see hit. 'E hadn' said nothin' 'tall 'bout tekin' it but Ah knowed de time wuz comin' w'en 'e'd need dat fiddle ter talk ter 'im en 'splain things.

"W'en Marse Billy tol' 'em all good-bye—eben ter de li'l' niggers—us rid off. Marster didn' go dis time kaze 'e wouldn' leab Miss Calline, en when us went 'roun' de ben' er de road us seed 'im standin' under de pink rose vine by de gate wid 'is arms 'roun' 'er, en Miss Lucy on t'other side wavin' bofe er li'l' white han's.

"W'en us got ter town Ah tuk Fleta en de mule ter de lib'ry stable en den Ah follered Marse Billy on ter de 'lis'ment camp. 'E tuk 'is place in line en w'en hit come 'is tu'n wid de 'lis'ment orficer 'e stan' up mighty straight en try ter look tall.

"De man look at 'im—up en down, en up en down—en ax 'im how much do 'e weigh, en how ol' is 'e.

"Marse Billy tell 'im dat 'e weigh *so* much en dat 'e gwine on sixteen.

" 'Yes,' he say, 'en Ah think yer got 'bout twelve mo' mont's ter go. Yer ain' ol' 'nuff ner big 'nuff ter git in heah, son, so yer better gwan back home' —en 'e motion fer de nex' man.

"W'en Marse Billy see 'e cyan' go atter all 'is trouble, 'e jes' leant up erginst dat tent pole en

commenst fer ter cry—Ah sho' wuz 'shamed uv 'im
fer cryin' lak dat 'fo' er whole comp'ny full er
sodgers."

"De 'lis'ment orficer bit 'is moustash lak 'e tryin'
ter keep de cornders uv 'is mouf down en 'e say,
'Well den, gwan baby, yer ain' gwine no furder den
'Lanta nowhow'—en dat's how me en Marse Billy
got in de war."

CHAPTER III

"US stayed in Crawfordsville all dat day. Marse Billy got 'is nuniform en 'e sho' look scrumptious in hit—do' hit wuz some too big. De yuther sodgers tease 'im er right smart 'bout bein' er baby, dey nuvver did stop callin' 'im li'l' 'un. Mos' uv 'em wuz quality f'om 'roun' home, howsomever, en dey didn' git too rough wid 'im—dat is cep'n' one man, Pinkston by name, en 'e sho' wuz er ugly white man. F'om de ermount er whiskers 'e had you'd er thought de Ol' Marster made 'im en den seed 'is face needed kivverin' up. Well, sir, dat man follered Marse Billy all day, 'e tease 'im tell dey wa'nt no reason in hit. 'E talk 'bout how nice 'is ha'r curl en ax 'im whut kin' er razor do 'e nuse. 'E kep' hit up tell bymeby Marse Billy jump on 'im en 'sprize 'im so dat 'e jes' nachelly beat de liber outen 'im fo' 'e c'd git 'e breff.

"Gentermens! w'en dat man got up you'd er thought 'e would er been mad but 'e sho wuz er frien' ter Marse Billy f'om dat time on. 'E druv one er de *am*berlances en many er day w'en de res' er de comp'ny wuz er marchin' long in de rain en de

snow, Marse Billy wuz quirled up under de tents
in Pinkston's *am*berlance, en dey wa'nt er man in
de comp'ny dat 'ud er tol' on 'im ne'ther.

"De troop train wuz ter leab 'fo' day nex'
mawnin' en 'long 'bout de middle er de ebenin'
Marse Billy tol' me ter git de hosses en gwan home
'fo' night. Ah knowed dey wa'nt no use argyin' wid
'im en Ah went on lak Ah wuz er doin' whut 'e
say, mo' 'speshly sence 'e look lak 'e 'shamed ter
hab me follerin' 'im 'roun'.

"Ah didn' know jes' how Ah wuz gwine ter
manage hit, en wuz er stan'in' behin' de 'lis'ment
tent projeckin' wid merse'f 'bout hit w'en dat same
man Marse Billy had jes' whupped come erlong
en ax me whut is Ah doin' dar.

"Ah tol' 'im all erbout hit en how Ah ain' got
no idee er lettin' Marse Billy git off ter dat war by
'isse'f.

"De man 'gree wid me en tol' me ter go tell
Marse Billy 'good-bye' en den come on back ter *'im.*
Ah done 'jes' whut 'e tol' me ter do, en atter Ah'd
fixed Marse Billy's baggage—'scusin' de fiddle—
on de train Ah tol' 'im 'good-bye' en went on back
ter de stable en 'ranged 'bout de hosses. Atter dat
Ah gethered up de res' er de baggage en went 'roun'
er back street ter de train. Mr. Pinkston wuz er
waitin' fer me en 'e tuk me in er baggage cyar en

gimme er place ter sleep on er pile er tents, en
gentermens! Ah nuvver knowed w'en dat troop
train pulled out.

"Us wuz mos' ter 'Lanta w'en Ah woked up, but
Ah dassen't git out er dat cyar tell de train stop en
de sodgers started ter pilin' out. Ah gethered up
mer stuff en run ter de cyar whut Ah'd seed Marse
Billy git on, en w'en 'e step down Ah tuk 'is bags
en retched fer 'is gun—Ah alluz had toted it w'en
us went huntin'. Gentermens! 'e snatch dat gun
back en tol' me, dam' me, git out 'is way, en 'e step
in line wid de yuthers en march on totin' 'is *own*
gun; en 'e ain' nuvver look back at me 'tall.

"Ah sho' wuz hurted wid 'im kaze 'e ain' nuv-
ver cuss me befo', but whut 'e say den wuzn't nothin'
ter whut 'e say w'en 'e got me off ter merse'f. 'E
tol' me dat ef Ah didn' gwan back home 'e wuz
gwine ter sell me jes' ez soon ez us got ter whar
us wuz gwine—'e say 'e knowed 'e couldn' sell me
'roun' dar kaze dey wouldn' nobudy whut knowed
me, hab me. Ah wa'nt 'sturbed much 'bout whut
'e say kaze none er ouah fambly had eber sol' er
nigger en Ah didn' reely b'l'eve Marse Billy wuz
gwine do *dat*.

"All dat day en de nex' Ah kep' outer 'is way
en hung 'roun' Mr. Pinkston. Ah sutney did wuck
fer dat man kaze 'e seemed ter be de onlies' friend

Ah had. Ah sho' Lawd *wanted* ter go back home
er heap sight wusser dan Marse Billy wanted me
ter go, only somehow Ah bleeged ter stay.

" 'Twuz 'bout er week 'fo' 'e'd hab nothin' 'tall
ter do wid me—all day 'e wuz er drillin' en er
gwine on en at night 'im en de yuther sodgers'd set
'roun' dey cookin' fiah en laff en talk. One night
dey started ter singin' en Ah knowed dat wuz mer
chanct. Ah slipped back ter de *am*berlance wag-
gin en retched under er pile er kivers en got out
Marse Billy's fiddle. Ah tuk hit back ter de fiah en
ax 'im don' 'e wanter show dem mens how 'is fiddle
kin talk.

" 'E cuss me ergin en ax me howcome Ah done
steal 'is fiddle, but de mens had done seed hit en dey
wouldn' nothin' do 'em but 'e mus' gib em er chune,
en 'twa'nt long 'fo' dat fiddle wuz er singin' en
Ah wuz er dancin' jes' lak us used ter do in de
quarter back home w'en all de niggers, en de white
folks, too, wuz er heap sight happier den whut dey
is been sence.

"Well, sir, Marse Billy couldn' be mad wid me
no mo' atter dat, en 'twa'nt long 'fo' Ah wuz doin'
'is cookin' en waitin' on 'im jes' lak us wuz at home,
en de trufe is us had er right smart uv er good time
whilst us wuz in 'Lanta which wuz 'bout three
weeks in all.

"One mawnin' us got word dat us wuz ter move
ter de front—Ah didn' know nothin' 'tall 'bout
whar de front wuz, en Ah wuz pow'ful saterfied
whar Ah wuz at, but dey didn' ax me nothin' 'tall
'bout hit.   Dey said us wuzn't ter do no fightin'
right erway, us wuz jes' ter drill behin' de lines
whar us cu'd learn faster 'bout bein' sodgers. Ez
fer me, Ah didn' wanter learn no mo' en whut Ah
hed ter, en ez fer Marse Billy, 'e wuz er learnin' er
sight too fas' ter suit me, but dey didn' ax me noth-
in' 'bout dat ne'ther—dey jes' said, 'move,' en move
us did.

" 'Twa'nt no sich er move ez us made w'en us
lef' Crawfordsville, dis *wuz* er move.   Dey wuz
sodgers en hosses en waggins by de hund'ed; dey
wuz cannons en amberlances en ammernishon wag-
gins, en hit 'peared ter me lak ef de Yankees had
all er dem things ter kill folks wid dat me en Marse
Billy had er mighty slim chanct ter git back ertall.

" 'E sho' wuz high up fer gwine, howsomeber, en
w'en 'is reg'ment march thoo de streets ter de train
'is haid wuz up an 'e wuz singin' 'Dixie' wid re
res'.   All de 'Lanta folks wuz lined up on de side er
de ro'd er hurrahin' en er wavin' dey hats—ef
you'll notice hit's mos' alluz de folks whut stays at
home dat kicks up de mos' racket w'en deys any
fightin' er gwine on.

"Us lef' 'Lanta on Friday, de nineteent' uv July.
Marse Billy had done 'scused me now en Ah rid in
de cyars wid de sodgers, but Lawd! hit wuz de hot-
tes' place Ah eber seed up ter *dat* time. Ah don'
think nobody slep' none ertall fer dem two nights us
wuz on de train—us wuz too crowded up—en w'en
Ah stepped offen dat cyar on Sunday mawnin' Ah
didn' hab no mo' sense dan to thank de Lawd dat
de trip wuz ober. Ef Ah'd knowed whut wuz com-
in', en ef hit'd been lef' ter *me*, us would er been rid-
in' on dat cyar *now*.

"Soon ez de mens wuz all off de train, en 'fo'
dey had no bre'kfus' 'tall, Cap'n Farmer ordered
'is men ter stan' at 'tenshun wid de res' er de reg'-
ment whilst Gine'l Bennin' made 'em er speech.
Us hadn' seed Gine'l Bennin' befo', do 'e wuz ouah
gine'l.

" 'E wuz er smallish stout man whut set 'is hoss
mighty straight en hilt 'isse'f up lak 'e tryin' ter
look tall. 'E had er heap er black whiskers en er
pow'ful loud voice en 'e rid up befo' de lines en
straightened 'isse'f up en made 'is speech.

" 'E tol' us dat dey wuz er battle gwine on at
Bull Run en dat de Yankees wuz er whuppin' us ter
hell, en 'e ax us don' us wan' er go he'p ol' Long-
street out.

"Ez fer me, Ah didn' keer nothin' 'bout no long

street ner no short street ne'ther kaze Ah hadn'
seed 'em, but dem white mens commenst yellin' lak
de gine'l wuz er passin' out free tickets ter er circus
en 'twa'nt no time 'fo' dat whole reg'ment wuz er
double-quickkin' it down de big road en Ah wuz er
stan'in' on dat depot flatform by merse'f waitin' fer
somebody ter tell me whut ter do.

"Ah'd done been livin' under 'structions all mer
life en Ah sho' didn' know whut ter do widout 'em
Ol' Marster's 'structions wuz ter foller Marse Bil-
ly en keep 'im out er debilment—en de good Lawd
knowed Ah couldn' alluz do dat. Miss Calline's
'structions wuz ter foller 'im en tek keer uv 'im,
whuch Ah done. She wa'nt nigh ez onreasonable
ez Marster wuz en Ah gin'ally follered 'er 'struct-
ions. Sometimes Ah got inter de debilment wid 'im
but Ah sho' coch hit f'om Marster ef 'e foun' hit
out.

"Ah stood dar tell Ah seed dat dey ain' nobody
gwine tell me nothin' en den Ah tuk out down de
road follerin' de dus' dem sodgers kicked up. Ah
don' 'spose Ah'd er coch up wid Marse Billy tell
yit ef Mr. Pinkston hadn' overtook me an ax me
whar wuz Ah gwine.

"Ah tol' 'im dat Ah wuz er tryin' ter ketch up wid
Marse Billy en dat dey wuz gwine ter be er fight on
de long street, whareber dat wuz, en Ah bleeged ter
fin' 'im kaze 'e mout git hu't.

" 'E tol' me ter git in de waggin wid 'im kaze 'is *am*berlance had orders ter keep up wid de lines en dat 'e'd tek me spang up ter de fightin'. Lawd knows Ah didn' rightly wan'ter go no closter ter de fightin' den whut Ah wuz—de soun' wuz 'nuff fer me—but Ah bleeged ter go so Ah got in dat waggin 'long wid 'im. Dem mules sho' made time, hit look lak dey ain' got no mo' sense dan de white mens kaze dey fair had de bits in dey teefs.

" 'Twa'nt long 'fo' us wuz trabblin' ober groun' whar dey had already been er fightin' en daid mens en daid hosses wuz scattered all ober de place— some uv 'em wuz shot up scan'lous, dey folks wouldn' er knowed 'em. W'en us got up ter whar us could er seed de fightin' ef hit hadn' been fer de smoke en dus', Mr. Pinkston stop 'is waggin wid de yuther *am*berlances en wait fer orders.

" 'E tol' me whar Ah'd mos' likely fin' Marse Billy's reg'ment en Ah started out 'cross de fiel, dodgin' bullets en tryin' not ter step on no daid mens kaze Ah knowed dat wuz bad luck.

"All at onct de bullets started ter gettin' thicker, cannon balls commenst ter fly by, en dey wa'nt 'tall partickelr 'bout whar dey busted. Ah seed dat dey wuz gwinter fight ober dis groun' some mo' en Ah drapped down behin' de fus' rock pile Ah come ter kaze Ah didn't hab no chanct ter git erway.

"Whilst Ah wuz er tryin' ter git merse'f ez flat on de groun' ez Ah could er reg'ment er sodgers come er runnin' 'crost de fiel' en Ah knowed dey wuz ouah mens kaze dey nuniforms wuz gray. Dey wuz er quick-steppin' it ter de front, 'dout payin' no 'tenshun ter de daid hosses ner de daid mens ne'ther, en de reg'ment ban' wuz er playin', 'De 'Camels Is Comin'.'

"W'en dey got up clost, de fus' man Ah reckernized wuz Marse Billy. 'E wuz in de front line marchin' 'long wid Marse Willum Reid on one side en Marse John Murden on de yuther en day all had dey guns gripped lak dey ready ter fiah.

"Lawd, w'en dey did fiah Ah knowed dat de hebins en de yurth mus' sholy pass erway kaze Ah couldn' see nothin' but smoke. Ah jes' laid dar wid mer face in dat rock pile en called on de Lawd. Ah couldn' pray, Ah couldn' do nothin' but call 'Is name.

"Terreckly de smoke blowed erway some en de bullets got er li'l' scacer, Ah lif's up mer haid ter see ef dar wuz anything lef' dat Ah knowed but Ah couldn' see de groun' fer de piles uv daid mens. Erway 'cross de fiel' Ah seed Marse Billy staggerin' outen de smoke, totin' somebody. Ah runs ter he'p 'im en grabs de man's foot w'en Ah sees hit wuz Marse Willum Reid. 'E wuz mighty nigh shot

ter pieces but 'e wa'nt daid yit en us toted 'im 'roun'
'hin de rock pile en laid 'im down easy. Jes' ez Ah
wuz er straightenin' up Ah felt somp'n mighty
missin' en Ah retched 'roun' en felt dat one er dem
Minnie balls had done tuk off ha'f er mer coat tail.
Ah look at Marse Billy en 'e smile sorter sickish lak
en jes' tu'n 'roun' en start on back ter whar de fight-
in' wuz still er gwine on. 'Bout dat time do', Ah
seed dat Marse Willum done sorter come to, en dat
'e tryin' ter tell Marse Billy somep'n. 'E wuz fumb-
lin' in 'is bres' pocket en Marse Billy drap down on
'is knees en retched in en tuk out er li'l' white silk
box all spattered up wid blood en ax 'im wuz dat
whut 'e wanted.

" 'E signify dat hit wuz, en den 'e try ergin ter
tell Marse Billy whut 'e wanter tell 'im but us had
ter gib 'im water en wait er right smart while 'fo'
'e could speak, en den Marse Billy had ter hol' 'is
ye'r down close ter hear 'im.

" 'E ax Marse Billy ter tek de box home ter Miss
Lucy fer 'im en tell 'er how bad 'e wanter bring it
'isse'f. 'E tell 'im ter ax er ter w'ar de ring fer 'im
ez long ez she grieb, en dat 'e'd hoped fer er dif-
fe'nt kin' uv er furolw dan whut 'e got.

"Atter dat 'e stop talkin' en jes' drap back, limp.
Ah sot dar en look at Marse Billy er hol'in' 'is han's
en cryin' lak er baby—'e look so li'l' en pitiful dat

Ah jes' couldn' stan' hit en Ah commenst fer ter beg 'im ter come on home. Ah tell 'im dat 'e ain' ol' 'nuff ter be in no war nohow, en dat ef Marse Willum wuz promised ter Miss Lucy, whuch Ah didn' know nothin' 'bout, us sho' orter tek 'im ter 'er now.

" 'Twa'nt no use beggin', howsomeber, Marse Billy jes' stood up en han' me de box. 'E tell me ter tek keer uv hit ez 'e mout loss it out dar, en den 'e wipe 'is face on 'is sleeb en gwan back ter whar dem big guns wuz still er mekkin' de Ol' Boy 'shamed uv 'isse'f.

"Ah knowed dat 'e lef' de box wid me kaze 'e wuz skeed dat 'e wouldn' git home no sooner dan Marse Willum en hit sho' made me feel pow'ful bad, but Ah had ter set dar by de rock pile en see 'im go.

"Ah heerd mens moanin' en cryin' fer water but dey wa'nt nothin' fer *me* ter do but ter wait. Ah tuk de water outen mer canteen en baved de smoke en de blood offen Marse Willum's face wid 'is own pocket han'cher en den straightened 'im out en folded 'is han's on 'is breas'.

"Atter dat Ah tuk one er de needles whut Miss Calline gimme en sewed de li'l' box up in de linin' er mer coat kaze Ah knowed dat wuz de saftest place Ah had fer totin' hit.

" 'Bout dat time Ah seed dat de bullets en de Minnie balls wuz er gittin' thicker en de fiahin' wuz er gittin' wusser en de fightin' closer. Somebody sho' wanted dat piece er groun' dat Sunday mawnin' kaze dey wuz gwine ter fight 'bout hit some mo'!

"Ah couldn' git erway kaze Ah wuz clean los' in dat smoke en couldn' tell norf f'om souf, 'sides dat Ah'd done tol' Marse Billy dat Ah wuz gwine ter wait fer 'im right dar by Marse Willum. Ah jes' laid down closter ter de rock pile en waited tell de storm wuz ober. Ah couldn' see much fer de smoke but Ah 'zerned dat de mens in blue wuz er runnin' lak all persessed. Dat didn' signify nothin' ter me kaze ef Marse Billy didn' git back Ah didn' keer who winned, ner who got de long street.

"Ah waited tell atter de fightin' slacked up en de smoke cleared erway some. Ah wuz mos' 'stracted 'bout Marse Billy w'en at las' Ah seed 'im en two mo' mens er runnin' 'twixt de lines en day wuz er scatterin' ammernishon ter ouah sodgers en dey wuz er grabbin hit en yellin'. Jes' ez soon ez dey got dey guns loaded de fightin' started all ober ergin en lasted fer some time but Ah couldn' see nothin 'tall fer de smoke.

"Ah waited tell de fiahin' had done clean stopped en den Ah started out ober dat fiel' ter look fer Marse Billy—yer couldn' hardly step 'twixt de daid mens dis time. Ah hadn' gone fur w'en Ah seed 'im er staggerin' erlong wid 'is arm hangin' limp. Jes' 'fo' Ah got ter 'im 'e stumbled en fell en Ah forgot all 'bout dem daid mens clutterin' up de groun'. Ah jes' runned up ter 'im en drap down 'sides 'im en sez, 'Yer ain' daid is yer, honey? Yer sho' is pow'ful black.'

"Wid dat 'e look up at me en laff wid 'is white teef er shinin' en 'e say, 'Dave, yer sho' is de las' man ter be 'scusin' er feller er bein' black'—'e alluz wuz er projeckin' wid me 'bout bein' so black merse'f.

"W'en 'e say dat, en w'en Ah heerd 'im laff, Ah knowed dey wa'nt *so* much de matter wid 'im en de limpness went outer mer knees en Ah got up. Ah lif' 'im en started on back 'cross de fiel', he'pin' 'im 'long de bes' Ah could. Us met er heap er sodgers wid stretchers, dey wuz pickin' up de bes' er de wounded en ter totin' 'em down in er *rav*een whar de hospital tent wuz.

"One er de mens p'inted out de shortes' cut ter de place, en ez Marse Billy wuz done clean gin out, Ah tuk 'im on mer back en started on down de gulley. W'en us got dar one er de doctors looked at Marse Billy en seed 'e ain' hurted so much en 'e tell me ter jes' set 'im down out dar under er tree ter wait 'is tu'n.

"Ah foun' er big pine whut wa'nt so shot up but
dat hit could gib er li'l' shade en Ah fixed 'im wid
'is back ter hit de bes' Ah could. Ah tuk 'is can-
teen en went ter er li'l' branch fer ter git 'im some
water but w'en Ah got dar Ah seed dat hit wuz
runnin' mos' ez red ez blood, en dat hit wuz pilin'
full er daid mens too.

"Ah wuz mos' ez sick ez Marse Billy but Ah
knowed 'e bleeged ter hab water so Ah went back
ter dat fiel', whar Ah'd hoped Ah nuvver would go
ergin, en commenst ter feel 'roun' 'mongst dem
daid mens ter see ef Ah couldn' fin' er canteen wid
er li'l' water in hit. Ah foun' two, one uv em had
water en one uv em had er li'l' somep'n else dat Ah
sho' wuz glad ter git.

"Ah went on back en foun' Marse Billy right
whar Ah'd lef' 'im, only 'e'd done fell ober. Ah
got 'im ter drink er li'l' en baved 'is face en han's en
atter dat 'e look lak 'e feel mo' nachel, only 'e
couldn' talk none, en Ah sot up en looked 'roun'
er li'l'.

"Us wuz down in er deep *rav*een en atter Ah'd
been hearin' dem big guns all day hit seemed so
quiet hit wa'nt nachel—eben fer Sunday, which all
dem white mens had done forgot hit wuz. Hit wuz
sho' hot in dat place too, er July fly wuz er singin'
in de big pine ober Marse Billy's haid en 'e soun'

so hot you'd er thought 'e mout be er sizzlin' in de
Ol' Boy's fryin' pan. Ah looked ober ter de hos-
pital tent ter see ef dey wuz er chanct fer de doctors
ter 'ten' ter Marse Billy anytime soon en—Gawd!
whut Ah seed made me stan' up.

"De tent wa'nt nothin' but er piece er white clof
stretched 'twixt de trees, en dey wuz er right smart
er doctors stirrin' 'roun' under dar, en dey wuz er
line er stretcher mens bringin' de woulded f'om de
fiel' whar de fight wuz. Day wuz er man on de
table en de doctors wuz er wuckkin' on 'im wid saws
en knives en terreckly one uv 'em come ter de do'
wid 'is sleebs rolled up en th'owed de man's laig
on er pile mos' ez high ez Ah is. De doctors had
been th'owin' arms en laigs on dat pile all day en
hit sho wuz er sick'nin' sight.

"Ah knowed Ah bleeged ter git Marse Billy out-
er dat place 'fo' dem doctors got 'im en Ah wa'n'
gwine ter be long 'bout doin' hit. Ah laid 'im down
so's 'e couldn' see nothin' en gied 'im anudder drink
outen de canteen. Ah tol' 'im Ah bleeged ter step
off ter 'ten' ter er li'l' biz'ness but dat Ah'd be right
back. En Ah hurried off ter fin' Mr. Pinkston. Jes
er li'l' ways 'cross de fiel' de sodgers whut de doc-
tors had 'tended on wuz bein' loaded on de *amber*-
lances, en dar Ah foun' 'im waitin' fer 'is load.

"Ah ax 'im ter step ober ter whar Marse Billy

wuz en he'p me wid 'im er li'l'. 'E ax me had de doctors done seed 'im en Ah tol' 'im dat Ah didn' *aim* fer 'em ter see 'im ef Ah cu'd he'p it. Ah knowed 'e wa'nt hu't much en Ah'd done wropped 'is arm up ter stop hit f'om bleedin' en Ah sho' wuzn' gwine ter ris' 'im wid dem fiel' doctors.

" 'E comes on wid me an looks at Marse Billy's arm. 'E seed dat de bullet had went clean thoo en dat hit wa'nt bleedin' none ter hu't en 'e say 'e reckon us mout ez well take 'im on ter Richmon' ter de sho' 'nuff hospital whar 'e knowed 'e'd be 'tended ter right. 'E tol' me dat Ah couldn' go wid 'im kaze 'e had too big er load but 'e say dat ef Ah'd gwan out ter de road Ah'd be mo' en likely ter ketch er ride dat erway.

"Ah knowed Ah couldn' go yit, Ah bleeged ter git somebody ter he'p me bury Marse Willum Reid. Ah kep' on axin' whar wuz Marse Billy's comp'ny tell at las' Ah foun' whut wuz lef' uv 'em. All de mens in de comp'ny knowed me now en 'twa'nt no trouble ter git whut Ah wanted. Two er Marse Willum's cousins went in ter town en got er coffin en us buried 'im right dar by de rock pile."

CHAPTER IV

HOME AGAIN

"HIT wuz 'long 'bout night w'en Ah got ter Richmon', but atter Ah got dar hit wa'n' no trouble 'tall ter fin' de hosspital kaze hit look lak eb'ybudy in town wuz er gwine dar. De *am*berlances wuz still er rumblin' up de street wid wounded mens en eb'ybudy wuz tryin' ter he'p.

"De hosspital wuz er gre't big white house wid tall posses 'roun' de peazzer lak ouahn at home, only hit wuz bigger. Ah steps up ter de front do' en axes how wuz Marse Billy Thomas, but didn' nobudy seem ter know nothin' 'tall 'bout 'im.

"Ah went 'roun' ter de kitchen en knocks, er long yaller 'ooman comes ter de do' en Ah axes 'er 'bout Marse Billy.

"She look at me en laff, impident lak, en sez, 'Ah dunno nothin' 'bout no marsters. Marsters is clean gone outer style 'roun' heah.'

" 'Is dat so?' Ah axes ez perlite ez Ah kin. Ah didn' wan'er mek dat fool 'ooman mad tell Ah foun' out ef she knowed anything 'bout Marse Billy.

(52)

" 'Yes, sir,' she 'spon's, 'dey is 'bout ter be back numbers, dey tells me.'

" 'W'en marsters gits ter be back numbers de nigger race'll be er heap sight furder back dan it is now', Ah answers.

" 'Den Ah persoom yer don' keer fer freedom,' sez she.

" 'Yer persoom kerreck ma'm, Ah got jes' 'bout ez much use fer freedom ez Marse Billy's 'possum dawg,' Ah sez. 'All Ah axes uv yer is, kin yer tell me how ter fin' 'im?'

" 'By huntin' 'im Ah 'spoze,' en wid dat de hussy slams dat kitchen do' in mer face.

"Ah went on back ter de front en sets down on de steps. Ah kep' er axin' 'bout Marse Billy but Ah couldn' fin' out nothin' en dey wouldn' lemme in de house. Bymeby Ah leant up 'ginst one er de posses en drapped ter sleep en wuz so wore out dat de rumblin' er de waggins en de passin' er de sodgers didn' 'sturb me none en Ah slep' tell mawnin'.

"W'en Ah woke up Ah sho' wuz hongry—Ah hadn' had nothin' t' eat sence de day befo' Marse Billy's reg'ment went inter dat ongawdly fight. Ah'd jes' 'bout 'cided ter go 'roun' en ax dat yaller blossom in de kitchen fer er piece er braid w'en Ah seed er kerridge comin' up ter de do' en ez soon ez Ah seed de man inside Ah knowed mer troubles wuz ober.

"Hit wuz Marse Alec Stephens en Ah don' b'l'ebe Ah coulder been no gladder ter see Ol' Marster 'isse'f kaze Marse Alec done been ter ouah house so much 'e seem lak one er de fambly.

"Ah steps up ter de kerridge en sez, 'Marse Alec, Ah sho' Gawd is glad ter see yer.'

" 'E stop en look at me, en den 'e ax me ain't Ah one er Major Thomas's niggers, en Ah sho' wuz glad ter tell 'im who Ah is en all 'bout Marse Billy en how Ah kain fin' 'im.

"Marse Alec lissen tell Ah git thoo en den 'e say, 'Well, come on wid me,' en Ah ma'ches thoo dat do' lak Ah ain' been er beggin' ter git in fer mos' two days.

" 'E axes 'em whar is Marse Billy, en dey don' tell 'im, dey jes' says, 'Step disaway sir, an we'll fin' 'im, fer you, ef 'e's hyr,' 'en dey teks us on upsta'rs ter whar 'e is.

" 'E wuz in er big white room wid er heap mo' wounded sodgers en Ah sho wuz glad ter see 'im, do 'e do look pale en sickish. 'E wuz jes' dat glad ter see me, en Ah don' b'l'ebe 'is paw could er been no welcomer.

"Right by de side er de baid wuz er waiter full

er vittles dat Marse Billy hadn' no mo' en tetched.
Ah tried ter keep f'om lookin' at it kaze mer mouf
watered so Ah's skeered somebudy'd notice hit, but
'peared lak Ah couldn' see nothin' but dem vittles.

"Marse Billy seed me lookin' at 'em en 'e say,
'Dave, tek dat waiter back ter de kitchen. Ah don'
lak ter smell hit.'

" 'Bout dat time Marse Alec en er nuss come up
en dey try ter 'suade 'im ter eat hit 'isse'f, but 'e
tell 'em dat 'e done had all 'e want en Ah tuk hit
up quick, 'fo' dey tell me ter do somp'n else wid
hit.

"Ez Ah wuz er tekkin' dat waiter down de hall
Ah said ter merse'f, 'Dave, ef yer goes ter de kitch-
en wid dis vittles somp'n gwine ter happen en you
ain' gwine ter git hit.' Ah seed er do' open en Ah
stuck mer haid in en look 'roun'. Dey ain' nobudy
in sight en Ah slips in easy lak en sets down 'hin'
er big pile er blankets, en 'twa'nt long 'fo' dat vit-
tles wuz whar nobudy couldn' 'spute 'bout hit. Hit
wa'nt mo' en half 'nuff, but Ah knowed hit would
hatter do fer er while en Ah tuk de waiter ter de
kitchen en sets hit down 'fo' dat half-breed yaller
coon so's she kin wash mer deeshes.

"W'en Ah got back ter Marse Billy, Marse Alec
tol' me dat 'e'd done made 'rangements fer me ter
stay on at de hosspital en look atter Marse Billy

whilst 'e's sick, do' de doctors say 'e'll be out in er week er less. Co's' Ah's glad dat Marse Billy wuz er gittin' on so well, but dat hosspital wuz de saftest place Ah'd struck sence us lef' home en ef 'e wuz in baid 'e sho' couldn' git inter no mo' fightin'. Dat wuz one time dat Ah wushed Ah could foller Ol' Marster's 'structions 'stid er Miss Calline's kaze Ah'd er sight ruther kep' 'im outer de debilment den ter foller 'im in.

"All dat day 'e wuz ez spry ez er cricket, 'e don' do nothin' but talk 'bout gittin' back ter de front ergin. Ez fer me, de back suited me better, but Ah didn' git up no argyment wid 'im, kaze Ah knowed Ah couldn' do nothin' but let 'im go 'is rout en foller 'im whar hit led. 'Bout night, do, 'e didn' seem so well, 'e sleep so heaby dat Ah couldn' wake 'im up en Ah sho' didn' lak dat kaze hit wan' nachel. 'E nuvver did was' no mo' time sleepin' den whut 'e had ter, speshally ef dey's any 'citement gwine on.

"Dis kep' up tell 'long 'bout night. Ah wan' 'tall pleased wid hit, but bymeby Ah draps ter sleep merse'f kaze Ah sho' wuz tired. 'Bout midnight 'e woke me up er hollerin', 'Dave! Dave! Dar's Fleta. Don' yer see mer hoss is er gittin' erway?'

"Ah jumps up en puts 'im back in de baid en tries ter passify 'im but 'twan' no use, Ah had ter hol' 'im whilst Ah'm tellin' 'im hit wuz er nightmar' en not de sorrel colt 'e seed. Ah wuz fair 'stracted en didn't know whut ter do w'en er man in de nex' baid tol' me Ah better git de doctor en Ah sho' nuvver los' no time.

"W'en de doctor got dar 'e say hit's fever en 'e gimme er passel er truck ter dose 'im wid en 'e set dar 'isse'f tell Marse Billy got quiet.

"W'en 'e come in de mawnin' 'e say 'e feerd hit's tarefoid fever en 'e brought er speshal nuss. Dat nuss sho' wuz faithful ter Marse Billy. She put me in min' er Miss Lucy she so purty en gentle, but Lawd! Marse Billy don' pay no 'tenshun ter nothin' dat wuz er gwine on—'e jes' call me all de time, en yit 'e dunno w'en Ah'm dar.

"Marse Alec come in eb'y mawnin' ter see how 'e's gittin' on en 'e seem ter be pow'ful oneasy—'e sho' thought er sight uv Ol' Marster. T'ings went on diserway fer 'bout two weeks en 'e see dat Marse Billy wuz er losin' groun' all de time en bymeby 'e 'cides 'e better let Ol' Marster know 'bout hit. 'E writ 'im er letter 'splainin' de full circumstanches but somehow de letter got misput en Marster didn' git hit tell long atter due time.

"Whilst us wuz er waitin' dey didn' seem ter be nothin' us cu'd do fer Marse Billy but jes' ter watch en pray, en Ah sho' done mer sheer er dat.

One ebenin', 'bout sundown Ah heerd de doctor tell
de nuss dat she better watch speshal kaze 'e 'spect-
in' de cryshis dat night. Ah didn' know whut de
cryshis wuz en Ah didn' lak de soun' er de word,
but Ah didn' lak de way dat nuss acted ne'ther. She
didn' res' er minnit en skasely tuk er eyes offen
Marse Billy dat night; Ah sho wuz oneasy.

Mars Billy ain' ravin' now, 'e jes' lay dar quiet
en don' seem ter know nothin' ner nobudy. 'F
so quiet en still dat Ah don' b'l'ebe 'e gwine ter be
dar in de mawnin' en de good Lawd only knowed
how bad Ah wanted Ol' Marster. All dat night 'e
laid dar, jes' so. Eb'y onct in er while de nuss
would feel 'is pults en try ter git 'im ter swaller
somp'n but dat wuz all.

"Hit wuz de longes' night Ah eber spent, but day
did come atter while, en de doctor come in 'fo'
bre'kfus'. 'E ax de nuss some queschons en look
Marse Billy ober keerful en feel 'is pults. Den 'e
sorter smile en say 'e reckon de tide done tu'n en
dat 'e got er chanct ter git well lessen 'e take er
back set.

"Atter de doctor went de nuss tol' me ter go git
some bre'kfus' en den go off somewhar en go ter
sleep ez Marse Billy'd be mo' en ap' ter call fer
me w'en 'e wake up dis time.

"Well, sir! Ah lef' 'im fer de fus' time, en hit wuz de las' time, too, kaze w'en 'e woke up 'e wuz er gittin' better, en de better 'e got de mo' waitin' on 'e tuk, en 'fo' de week wuz out hit would er tuk somebody wid mo' laigs dan Ah got ter do all 'e call fer.

"All dis time, howsomeber, we ain' heerd nothin' f'om Marster. Marse Alec kep' comin' in eb'y mawnin' ter see how us wuz er gittin' 'long, en one mawnin' 'e tol' Marse Billy dat de fus' time 'e cu'd walk downsta'rs by 'isse'f dat 'e'd git 'im er furlow ter go home on. Atter dat Ah jes' nachelly couldn' keep 'im in baid no mo', en 'twan' no mo' en free er fo' days 'fo' 'e made me git 'is close w'en Ah fus' come in de mawnin' kaze 'e say 'e gwine ter be ready ter go down w'en Marse Alec come.

"Ah try ter reason wid 'im kaze Ah don' b'l'ebe 'e cu'd git down dem steps, but 'twan' no use en w'en Marse Alec come, sho 'nuff, 'e tol' 'im 'e ready ter go down. Ah sho' wuz skeered fer 'im ter try but Ah dassent say nothin'.

"W'en us starts down Ah axes Marse Alec ter lemme tote 'is cape, en whilst me en Marse Billy wuz er walkin' down, side by side, Ah jes' retched out under de cape on mer arm en stiddys 'is elbow en somehow 'e meks hit ter de bottom 'dout fallin'.

"W'en us got ter de doctor's office Marse Alec

en de doctor pass de time er day en talk er li'l', den de doctor ax 'im wuz dey anything 'e cu'd do fer 'im.

"Marse Alec tell 'im dat 'e'd lak ter git er furlow fer dis young man, en nen 'e tell 'im how Marse Billy done been wounded en had tarefoid fever. 'E had ter tell 'im dat kaze dis wuz'n de doctor us had at de hosspital, hit wuz anudder one.

"De doctor look at Marse Billy en 'e sho' do look li'l' en peaked, 'e done swunk up so whilst 'e's sick, en nen 'e ax 'im how ol' is 'e.

"Marse Billy look sorter 'spishus at dat, en tell 'im 'e's sixteen—en de Lawd knowed 'e wouldn' be sixteen tell de nex' comin' October.

"De doctor shuck 'is haid whilst 'e's er writin' somep'n on er li'l' strip. We'en 'e finish 'e tell Marse Alec dat 'e sorry not ter be able ter do whut 'e ax 'im but 'e had pos'tiv' orders ter discharge eb'y man under eighteen whut'd had tarefoid fever.

"Ah sho' wuz glad ter hear dem words but Marse Billy 'e jes' bruck down en bus' out cryin' lak 'e done in dat 'lis'ment tent.

" 'E tell 'em dat 'e ain' been in but one fight en dat 'e don' want no discharge, ner no furlow ne'ther—en mo' en dat 'e ain' gwine ter tek 'em.

"Marse Alec go up ter 'im ter passify 'im, 'e tell 'im dey ain' no use ter tek on lak dat, 'e tell 'im 'e better tek de discharge en gwan home en git well, en den, ef 'e wan'er, 'e kin 'lis' ergin in de same comp'ny en fight all 'e please.

"Marse Billy ca'm down deṅ en thank de doctor, en thank Marse Alec fer bein' so good ter 'im—'e sho' look happy kaze 'e gwine home fer all 'is cryin' w'en 'e thought 'e had ter stay dar.

"W'en us got back ter de hosspital Ol' Marster wuz dar; 'e'd come jes' ez soon ez 'e got Marse Alec's letter en all de way f'om home 'e'd been er thinkin' dat mebby 'e mout be too late. Ah dunno who wuz de gladdes' ter see 'im, Marse Billy er me—bofe uv us wuz er crin', en Ol' Marster, too, fer de matter er dat. Marse Alec waits tell us gits ober de fus' er de meetin' en den 'e steps up en shecks han's wid Marster en tells 'im how glad 'e is ter see 'im en dat 'e'll see 'im ergin 'fo' de day is ober. 'E see how tired Marse Billy look en 'e jes' steps in 'is kerridge en rides off.

"Ol' Marster 'suades Marse Billy ter gwan back ter baid. 'E tell 'im 'e'll set by 'im en talk ter 'im, but hit wa'nt long 'fo' Marse Billy drapped ter sleep en den Marster motion fer me ter come on out.

" 'E tol' me ter tell 'im eb'ything whut'd happened sence us lef' home en Ah tol' 'im all Ah knowed, 'cep'n 'bout de li'l' white box—dat wuz

too pitiful er tale fer me ter tell 'im w'en 'e's in so
much trouble.

"Marse Billy slep' tell mos' night en soon atter
supper Marse Alec come in en tol' Marster dat
ez 'e wuz thinkin' er gittin' off in de mawnin', 'spoz-
en' 'e come wid 'im fer er ride 'roun' de city fer ter
see de fortyfications. Ol' Marster look lak 'e'd be
pleased ter go en Marse Billy tell 'im ter gwan ez
'e 'speck 'e'd better git ter sleep soon kaze dey
wanted ter git er early start.

"Marse Billy so 'cited 'bout gwine home, how-
someber, dat 'e don' git ter sleep tell mos' time fer
'em ter come back, en w'en 'e do drap off Ah goes
ter sleep merse'f en don' nair one uv us know w'en
Marster got back.

"Us didn' know w'en 'e got back but us sho'
knowed w'en 'e got ter sleep kaze dey done gin 'im
er baid in de ward us wuz in.

"W'en Ah woke up Marse Billy wuz er laffin'
ter 'isse'f en 'e say ter me, 'Dave, fader is ersleep,'
en Ah sez, 'Dat's de Gawd's trufe but dey ain' no-
body sleep *'sides* him'—en hit sho' wuz de trufe.
Mighty nigh eb'y man in de ward wuz er cussin'
'cep'n' Ol' Marster en 'e wuz er snowin'. En w'en
Ol' Marster snowed yer sho' had ter tek notice.

" 'E mek so many diff'ent kin' er fusses dat yer
couldn' go ter sleep fer lis'nin' ter see whut 'e

gwine ter do nex'—'e nuvver did hab no reg'lar lick
lak mos' folks. Sometimes hit wuz er snort en some-
times hit wuz er growl en den sometimes 'e'd ketch
'is breff en hol' hit so long yer wuz sho' dat 'e'd
woke up—in dis worl' er de nex'—den 'e'd gib er
whoop dat didn' leab no onsartinty ez ter whar 'e's
at.

"Well, sir, dat's de way Marster wuz er gwine
on dis time. 'E wuz plum' wo' out en wuz er layin'
flat er 'is back, doin' 'is bes'—en 'joyin' hit. Atter
all dem mens got ober dey fus' 'stonishment de air
sho' got thick wid cussin'. Ah lissens ter Ol' Mars-
ter er while en den Ah lissens ter de mens. Dey
wuz Jew cussin' en I'shman cussin' en den jes' plain
nachel cussin'. Dey wuz er li'l' ugly furriner in de
baid nex' ter Marse Billy en 'e wuz er cussin' mo' en
all de res', only dey couldn' nobody onderstan' whut
'e's sayin'.

"Bymeby Marster ketch 'is breff en hol' it er long
time, en dat man seem lak 'e hol' *is* breff too. Mars-
ter still don' say nothin' en dat man whispers lak 'e
sayin' 'is pra'rs, 'T'ank Gott de ol' debil's gone ter
hell now.' 'E sho' wuz er onery white man—Ah
dunno how come 'e wuz dar nohow kaze 'e wa'nt
shot nowhar 'cep'n' er li'l' small woun' in de heel,
en 'e sho' mus' er been doin' some runnin' ter gib
de Yankees er chanct at 'is foots.

"Ah lissens er while longer but Ah'd heerd Marster do all dat befo' en ez de mens had said all dey knowed en wuz gwine ober de same groun' ergin dey wa'nt 'citement 'nuff ter keep me 'wake so Ah dunno who had de flo' fer de res' er de night.

"Marster woke me up 'bout day uv de nex' mawnin' en us had bre'kfus' en got right in Marse Alec's kerredge whut 'e had done sont ter tek us ter de cyars. Us rid all dat day en de nex' night en w'en us got off at Crawfordsville dey wa'nt nobudy 'spectin' us en us had ter git er kerridge f'om de stable ez Marse Billy wa'nt able ter ride er hoss yit.

"De fiel' han's seed us 'fo' us got ter de house en dey cut thoo en tol' Miss Calline en Miss Lucy us wuz comin', en f'om de way dey met us at de big gate you sho' would er thought us wuz de projeckin son come home.

"Mer mammy sutten'y did cook one supper dat night whilst Ah set in de kitchen en tol' some er mine en Marse Billy's 'speriences—en sampled de vittles she wuz cookin'. W'en supper wuz ready she tol' me ter come on ter de dinin' room en h'ep 'er wait on de table en Ah tuk mer place 'hin' Miss Calline's cheer.

"Ol' Marster en Miss Calline sho' wuz two happy folks dat night, en Marse Billy wuz happier den dem, but w'en Ah looked at Miss Lucy settin' dar

wid de candlelight shinin' on 'er sof' curly ha'r en
'er li'l' pale face Ah knowed she wuz jes' er tryin' ter
mek lak she happy too.

"Dat war sutten'y did hurry er heap er folks inter
trouble. Hit didn' seem no longer 'n las' night
w'en Marse Billy'd tek 'is fiddle en slip out ter de
quarter en she'd come runnin' thoo de moonlight
ter see de nigger chilluns dance—en dey wa'nt no
mo'n chillunns deyse'fs.

"Atter supper dey all sot out on de péazzer en
talk 'bout de young gent'mens f'om de neighborhood
whut had went ter de war, en nigh 'bout all uv 'em
wuz gone by now. Ol' Marster ax 'bout dis un
en 'bout dat un, but somehow er nuther didn' no-
body mek no menshon er Marse Willum Reid.

"Atter while Marster ax Marse Billy do 'e feel
able ter gib 'em er chune on 'e fiddle en Marse Billy
got hit out whilst Miss Lucy set at de pianner en
gib 'im de notes ter chune by.

"Ah slips 'roun' ter de winder en peeks thoo kaze
Ah did love ter watch Marse Billy play, en many
er time befo' dat Ah'd stood outside dat winder en
watched 'em play w'en dey wuz free uv 'em. Marse
Billy alluz stood on Miss Lucy's right kaze dat gib
'im room ter sling 'is fiddle bow; but hit didn' seem
ter gib 'im no chanct ter see how clost Marse Willum
Reid stood on 'er lef'. Miss Lucy'd look up, fus' at

one en nen at de yuther en day'd laff en talk lak chil-
luns will, but Ah nuvver had no idee uv 'er lovin'
Marse Willum, do she wuz so purty en sweet—**fer**
all 'er bein' small lak Miss Calline.

"But dey wa'nt but two uv 'em dat night en dey
went f'om one chune ter anudder; Marse Billy
don' tell Miss Lucy whut chune 'e want, 'e jes' strack
in ter playin' en she foller 'im 'dout lookin' at no
notes. Bymeby 'e strack inter 'De Camels Is Com-
in',' en she foller 'im lak she been er doin'. Ah
nuvver is lacked dat chune atter us fit dat battle at
Bull Run but Ah lissened er while en—dis is de
Gawd's trufe—Ah heerd somp'n dat made mer ha'r
feel shivery at de roots. Ah lissen en look ter see
ef anybudy heerd hit 'sides me. Ol Marster wuz out
on de péazzer talkin' low en confidenshal lak, en Ah
heerd Miss Calline laff. Ah knowed 'e wuz er tellin'
er 'bout dat discharge. Ah look at Marse Billy en
'e wuz snatchin' de chune outer dat fiddle same lak
'e alluz do. Ah look at Miss Lucy en 'er face wuz
ez white en ez sot ez Marse Willum's wuz w'en Ah
folded 'is han's en straightened 'im out by de rock
pile, en Ah knowed Ah wa'nt de onlyes' one whut
heerd 'is flute dat night.

"Ah kep' er watchin', kaze Ah couldn' do nothin'
else, en all at onct de cornders er Miss Lucy's mouf
went up in er funny li'l' smile en Ah seed 'er look

up ober 'er lef' shoulder lak she used ter do, en Ah
b'l'ebe, 'fo' Gawd, she seed 'im. Dey play on tell
dey play all de chunes dey uster play en Miss Lucy
kep' on 'er smilin' en er lookin' up ober 'er shoulder
en eb'y onct in er while Ah could hear dat flute, do
hit didn' come out loud no mo' lak hit did on dat fus'
chune.

"Bymeby Marse Billy say 'e b'l'ebe 'e er li'l' sort-
er tired en 'e tell 'em all good night. Us went up-
sta'rs kaze Marster done tol' me Ah better sleep in
'is room ez 'e mout be res'less.

"Ah fix Marse Billy comf'table en lay down on
er cot on t'other side de room. Ah sho' wuz sleepy
but ez 'e didn' drap right off Ah waits ter see ef Ah
kin do anything fer 'im. Ah wuz jes' 'bout ter ax
'im ef 'e didn' want me ter shet de blin's fer ter
keep de moonlight outen 'is face w'en de do' open en
Miss Lucy ax 'im wuz 'e 'sleep.

" 'No,' sez Marse Billy, 'Ah been er waitin' fer
yer kaze Ah knowed yer'd come.'

" 'E move ober en mek er place fer er en she sot
dar on de side er de baid wid de moon shinin' on er
gol'-colored ha'r en li'l' white face. Marse Billy
retch out en tuk 'er li'l' small han's in his'en en she
tu'n so dat Ah seed she'd been er cryin', do' she smile
pitiful lak en say, 'Won' yer tell me 'bout 'im, Billy?'

"Wid dat 'e tol' 'er eb'yt'ing 'e knowed 'bout dat

fight, en 'bout us tekkin' Marse Willum ter de rock
pile, en 'bout me beggin' 'im ter bring 'im home ter
'er. Den 'e tol' 'er dat 'e wuz buried in er coffin
same ez other folks, en dat us done de bes' us could.
Hit all soun' so pitiful w'en 'e tol' hit dat Ah couldn'
keep f'om sniverlin', do' Ah had done cried 'bout dat
thing ernuff.

"Atter 'e finish dis 'e wait er li'l' while en cl'ar up
'is thote en den 'e retch under 'is piller en tuk out de
ring. Ah notice er li'l' sparkle in de moonlight en
Ah seed dat hit wa'nt in de li'l' white box wid de
blood on hit. 'E han' it ter 'er en tell 'er whut
Marse Willum say 'bout w'arin' hit ez long ez she
grieb fer 'im.

"Miss Lucy mos' snatch de ring outen 'is han' en
fer er minnit 'er face look happy—dat is happy in
de onlies' way she'd eber be ergin—en she say, well,
mebby she won' hatter w'ar hit long—en she sho'
Gawd didn', kaze w'en us come home atter de
s'render she wa'n' dar.

"Marse Billy tu'n 'is face erway but 'e don' say
nothin' en Miss Lucy sot dar, hol'in' de ring ergin
er mouf. Bymeby she slips off de baid, down on
'er knees en han' 'im de ring back en say, 'Won' yer
put 'is ring on fer 'im, Billy?'

"Marse Billy slip de ring on er li'l' white finger
en she stoop ober de baid en kiss 'im en went on
out.

"Fer er while Ah watch Marse Billy, 'e sheckkin' so wid tryin' ter hol' in 'is cryin' dat hit looked lak 'e bleeged ter bus' somp'n loose. Ah dassent go ter 'im en Ah try ter watch wid 'im 'dis one hour', but lak dem mens in de gyarden wid de Lawd dat night sleep obercame me, en da's one time Ah lef' Marse Billy erlone in 'is trouble."

CHAPTER V

SUGAR EN CAWFY

"HIT wuz de fus' er Augus' w'en us got home en all dat mont' us had sich er good time dat Ah jes' couldn' see how Marse Billy cu'd mek up his min' ter go back w'en dey wuz all so 'tentive ter us en doin' all dey kin ter try ter 'suade 'im ter stay out de war w'en 'e had de chanct. Ah knowed 'e wa'n' gwine ter stay kaze Ah'd done seed 'im w'en de doctor tol' 'im 'e bleeged ter go home but Ah hoped dat Miss Calline en Miss Lucy mout be able ter git 'im ter stay er li'l' longer.

"W'en September come, howsomeber, 'e tell 'em 'e ready ter go en 'e tell *me* 'e bleeged ter leab me at home dis time ez de gov'ment done say hit cost too much ter feed so many niggers in de army, en dat dey oughter be at home in de fiel's mekkin' somep'n' fer de sodgers t'eat.

"Ah knowed Ah'd s'plied dat Com'pny *D* wid er heap sight mo' rations dan whut Ah et kaze Ah alluz had er pow'ful way wid watch dogs en wuz er good han' at locatin' tater hills en hen rooses. All dis wa'nt no argyment ter Marse Billy do', en de wus' uv hit wuz dat 'e made Ol' Marster tell me

(70)

Ah cyan' go kaze 'e knowed Ah bleeged ter pay 'tenshun ter 'im.

"W'en Ol' Marster tol' me dat Ah sho' did beg pitiful. Ah tol' 'im dat hit wuz true Marse Billy cu'd tek keer uv 'isse'f er right smart better'n whut 'e *could*, but dat 'e didn' know eb'ything yit. Ah sez ter 'im, 'Marster, who gwine ter steal fer 'im w'en 'e's hongry? You know 'e ain' gwine ter do hit fer 'isse'f. 'Sides dat, hit ain't becomin' in de quality ter steal.'

"Ol' Marster's chin trimbled but 'e don' say nothin' fer er while. Den 'e ax me how Ah gwine ter manage ter keep 'em f'om sen'in' me home.

"Ah tol' 'im hit'er er mighty po' nigger dat cyan' ma'ch 'long 'sides er army in de daytime en den slip inter camp ter sleep at night 'doubt gittin' coch. Den, too, Ah tol' 'im Ah had done made merse'f so handy wid dat comp'ny dey wa'nt nair man in hit dat wouldn' he'p ter hide me w'en de orficers come 'roun'.

" 'E draw er long breff en say, 'Well, Ah'll tell Willum ter let yer try hit ergin ez yer is bofe so hell bent on gwine, en hit's some comfort ter Calline ter hab yer wid 'im, en 'e went on ter de house, wipin' 'is specktickles.

"W'en us went ter jine ouah comp'ny hit had done moved up inter Pennslyvany en us had ter fol-

ler 'em. Us sho' lef' warm wedder at home en us
nuvver saw no mo' er dat ar*tick*le fer sometime kaze
hit wuz hard col' 'fo' October wuz out en by de
middle er November eb'ything wuz kivered solid
wid snow en de good Lawd wuz still er sen'in' hit
down.

"Dey called dat place de winter quarters but, ter
hear Dave tell hit, hit suttne'y wuz er mighty po'
place ter spen' de winter. Ef dey wa'n' gwine ter
do no fightin' Ah couldn' see howcome dey nuvver
stayed at home en kep' warm tell spring—but dey
didn' ax me. Us had 'nuff ter eat dat winter, sich
ez hit wuz, but us didn' hab no sugar en no cawfy
en Ah sho' did miss hit—fer Marse Billy.

"We all wuz camped on one side uv er ribber en
de Yankees wuz camped on de yuther, en one day
us seed two er free er dey mens come down ter dey
bank en th'ow somp'n out on de ice, fer de ribber
wuz friz solid. De things whut dey th'owed
skimmed erlong tell dey come ter ouah side en
stopped right at de bank. Marse Billy en some mo'
er ouah sodgers went en picked em up en dey wuz
li'l' boats wid sails to 'em, an dey wuz loaded wid
sugar en cawfy.

"Fer er long time us couldn' 'cide whut dem mens
done dat fer, en den dey gits tired waitin' en show
us whut dey mean. Dey hilt up er gre't big pipe

whut dey had done made, en den dey tu'nt hit ober ter show dat hit wuz empty.

"W'en ouah mens seed dat dey laff en holler but dey loaded up de boats wid terbaccer en th'owed 'em back. Dey didn' know how ter th'ow 'em at fust but bymeby dey got de hang uv hit en de boats skimmed on back jes' lak dey come, do Marse Billy wuz de fus' man ter lan' 'is cargo.

"Atter dat us got right soshiable 'cross de ribber. Us swapped ouah goods en hollered en joked wid one anudder tell yer'd er thought us wuz er big fishin' party, only yer'd had ter bus 'er hole in de ribber ter git in yer line.

"Dis went on fer some time en den one night us seed er crowd er mens come down ter dey bank en put up two high pos'es. Atter dey got de pos'es fixed dey put up er big sign wid letters cut out en er light behin' 'em ter shine thoo.

"Gentermens! w'en ouah sodgers read dat sign dey *wuz* some cussin' done. Marse Billy read me whut de sign say. Hit said: 'Ez Long Ez Dis Light Hol' Out Ter Burn De Viles' Rebel May Return.'

"Ouah mens say de Yankees wuz er 'vitin' 'em ter 'zert en ouah orficers issued orders dat, 'Dey mus' be no mo' kimmunicashun wid de enemy.'

"De nex' mawnin' 'fo' bre'kfus' de li'l' boats commenst fer ter skim ercrost, dey come tell dey

wuz er long line uv 'em 'side ouah bank but 'tain'
nobuddy picked 'em up.

"De Yankees gethered 'long dey bank en look at
us en dey holler, 'Whut's de matter, Johny? Come
ercrost,' but don' seem lak ouah mens heerd 'em
ertall.

"Ah sho' wanted dat sugar en cawfy, en would
er had it too ef Ah hadn' been watched. Ah hadn'
got mer feelin's hu't none 'bout de sign kaze Ah
knowed Ah wa'nt gwine ter 'zert lessen Marse
Billy done hit fus'—den too Ah wuz sorry fer dem
mens 'bout dey 'baccer.

All dat day de Yankees holler en joke en dat
night dey ain' no sign on de pos'es but ouah mens
done 'cided dat dey ain' gwine ter hab nothin' mo'
ter do wid 'em en dey stuck ter hit—kaze de orficers
seed ter dat.

"One night soon atter dat ez de mens in ouah
mess wuz er settin' 'roun' de fiah smokin' en er
talkin' 'bout de good supper dey had jes' et—do' de
supper wus some late on 'count er me havin' er li'l'
private vis'tin' 'roun' ter do atter dark—Ah heerd
er li'l' 'sturbance en seed somebuddy movin' in de
shadder. Ah punched Marse Billy en tol' 'im de
Yankees wuz done come kaze de man Ah seed had
on er blue nuniform.

"Marse Billy en de yuthers jumped up en started

fer dey guns but de man walked right inter de fiah
light en th'owed down 'is gun en th'owed down 'is
ca't'age belt on top er hit—'e sho' wuz one er de
bigges', red-haidedes' men Ah eber seed, en Ah
think 'e had de bigges' foots.

"'E stood dar en didn' say nothin' whilst all
ouah mens look at 'im. Bymeby Marse Billy say
ter 'im, 'Whut yer doin' hyr? Air yer er spy er
hab yer 'zerted yer army?"

"De man spit out some er de same 'baccer whut
us had traded 'im en say, ' 'Zerted de divvil, Ah've
quit!'

"Ouah mens ax 'im whut 'e quit 'bout en 'e say,
'Faith en de divvil we've been er fightin' lak hell
f'r er ye'r er mo' ter git the ribbles back inter de
nunion en now hyr yer air norrth av Mason's Dixie
line en we're sthill er fightin', en it's de divvil anud-
der gun will Ah foirah fur 'em.'

"De mens call Cap'n Farmer en 'e talk ter de
man whut say 'e's name Pat Nolan. 'E tell Cap'n
Farmer dat 'e reely do wan'er jine 'is comp'ny ez
'e say 'e cyan git no 'joyment outer fightin', atter 'e
got whut 'e fightin' 'bout.

"Cap'n Farmer try ter 'splain ter 'im dat all de
Rebels wuzen' up dar, dat dey wuz plenty mo' at
home, but 'e say, 'Gawd savin' yer honor 'tiz de
Ouhl Bhy himsi'f should be plazed wid de sample,

en may de holy saints presarve me f'om furder
fightin' fer er giv'mint dat's so harrd ter saterfy—
besides Ah ondersthan' ye'v' plinty av terbaccer in
de Ribbel lines.'

"Cap'n Farmer go on talkin' ter de man; 'e tell
'im dat whut 'e doin' is jes' plain 'zertin' en dat 'e'll
be shot ef 'e gits coch; but ouah sodgers wuz geth-
ered 'roun' en dey wuz er beggin' Cap'n Farmer
ter tek 'im in en one uv 'em say, 'Hit's all right,
Cap'n, gib 'em er dose er dey own medicine'—en dat
wuz how Marse Pat j'ined de comp'ny.

"Atter Cap'n Farmer went on back ter 'is tent
de mens made er place fer Marse Pat by de fiah en
'e open up 'is pack en, bress Gawd! dat man nuvver
fotch nothin' f'om de nunion lines 'cep'n' sugar 'n'
cawfy. 'Is haversack wuz full en 'is pockets wuz
full en day wuz li'l' packages uv hit all 'roun' inside
'is coat. 'E spreaded hit all out en den 'e look at
me en sorter wunk 'is eye en say, 'Dis'll be plinty
ferr de mess ferr er while en den hit's mese'f en
ouah Hethiopian frien' whut kin git mo' w'en hit's
gone.'

"Ah wuz'n none er dat man's frien' en Ah sho'
hadn' gid 'im no cause ter be callin' me out mer
name, but dat wuz er mighty knowin' wink so Ah
'cided dat Ah'd preserve mer judgiment tell Ah
knowed 'im better, en hit wuz well Ah did fer dat

man sutten'y wuz er val'able edition ter de comp'ny.

"Us suffered er heap dat winter but hit wa'nt fer de need er sugar 'n' cawfy, fer no sooner did dem ar*tick*les 'gin ter git low dan Marse Pat'd tell me ter c'mon, 'e'd hatter visit 'is fambly dat night. 'E'd put on 'is blue nuniform en tell me ter keep outer sight ez much ez Ah could en us'd step down de ribber er piece en cross below de pickets. 'E knowed all erbout how de Yankee army wuz sich-erwated en 'twan' no trouble fer 'im ter fin' de promissory tents.

" 'E alluz toted might' nigh er haversack full er keys—all kin's er keys—en one day Ah ax 'im howcome 'e had so many keys w'en 'e didn' hab no baggage. 'E sorter laff en wunk 'is eye en den 'e say 'e jes' totin' some keys ter 'is uncle's baggage, do Ah nuvver knowed uv 'im havin' no uncle in de army.

"W'en us got ter dem tents howsomeber Ah 'cided dat 'is uncle sho' mus' er b'longed ter de Yankee army kaze might' nigh eb'y one er dem keys 'e had fitted er chist—en 'e seem pow'ful at home 'mongst 'em. Hit would er done yer heart good ter see how dat man went 'bout 'is wuck, 'e didn' lemme do nothin' but tote de sacks en 'e'd tek er li'l' hyr en er li'l' yander, en 'e'd smoove out en clean up tell yer couldn' tell 'e'd been erlong. One night whilst

us wuz comin' on back ter camp, Ah ax' 'im how-
come 'e tek so much time ter clean up, en 'e laff en
say dat ef all visitors cleant up atter deyse'fs dey'd
be er sight mo' welcome—en dat wuz all 'e'd say
but Ah sutten'y did learn er heap f'om dat man.

"De main reason Ah lacked 'im do, wuz dat 'e
tuk sich er fancy ter Marse Billy. 'E had er big
'corgian en 'e knowed er heap er de chunes dat
Marse Billy knowed en some dat 'e didn', en de
music dey made 'roun' de fiah at night w'uld er set
yer heels ter shufflin'. Heap er times Cap'n Farmer
en de yuther orficers 'u'd stan' 'roun' outside de fiah
light en lissen en laff at me er dancin' kaze de
harder times got de liviler wuz de chunes whut
Marse Billy en Marse Pat played.

"Ah mout not er done ez much fightin' ez some
but Ah sho' done mer sheer er dancin' in dat war.
W'en dem mens wuz col' en tired en hongry en sick
fer dey folks Marse Billy'd alluz git out 'is fiddle
at night; en dey wa'nt er nigger in de army whut
cu'd sheck 'e foots en stir up de dus' lak Dave.
Ah'm tellin' you dat me en Marse Billy sho' could
set 'em ter laffin' w'en dey thought dey wa'nt no mo'
laff in 'em, en Ah don' b'l'ebe de Ol' Boy's got no
grudge ergin me fer dat dancin' ne'ther kaze Marse
Billy sho' wuz doin' de fiddlin'.

"En dancin' wa'nt all Ah done; de orficers tried

ter keep de mens f'om foragin' on de kentry but Ah didn' b'long ter no army, Ah b'longed ter Marse Billy, en Ah sho' wa'n' gwine ter see 'im suffer fer nothin' whilst *Ah* cu'd git hit.

"Dat sutten'y wuz er winter, hit got col'er en col'er en ouah mens wa'nt ha'f pertected f'om de wedder. One day Marse Billy come in f'om drill-in' en 'is foots wuz all fros'bit en er bleedin' en Ah wuz er settin' by de fiah smokin' 'is heels wid green bresh en er cryin' ober 'is foots w'en Marse Pat come erlong. 'E seed whut er fix Marse Billy's foots wuz in en 'e look mos' ez sorry ez Ah is en 'e motion fer me ter step dar.

"W'en Ah come up ter 'im 'e say, 'Fix up de lad's foots ez comf'thable ez yer kin en by de he'p er St. Paul, St. Peter en de Blissed Virgin we'll have de bhy some shoes before de night is ober.'

"Ah didn' know whar 'e wuz gwine ter git 'em but Ah sho' wuz ready ter he'p 'im 'long wid dem others whut 'e named en Ah wuz waitin 'fer 'im w'en 'e called me 'long 'bout de middle er de night.

" 'E had on 'is blue nuniform en 'e wuz totin' er big sack er 'baccer en er rope—'e alluz had ter tek dat 'baccer ter 'is brudder whut wuz in de Yankee army, ter git de password er de night. Ah tuk de sack er 'baccer but 'e say 'e'll tote de rope 'isse'f, en Ah follered 'im ober ouah reg'lar rout ter de

promissory tents.   'Is brudder wuz one er dey
quarter-masters en 'e look lak 'e wuz right smart
glad ter see Marse Pat en 'e sho' *wuz* glad ter git
de 'baccer.   'E say 'e bleeged ter stay wid de nunion
howsomeber, kaze we all didn' hab nothin' t'eat—
en dat wuz de Gawd's trufe.

"Us tuk er li'l' sugar 'n' cawfy, kaze hit didn'
look nachel ter go back widout hit, en atter Marse
Pat gimme de sacks us walks on thoo de camp tell
us gits ter de tents whar de mens wuz sleepin'.   Us
passed one sentry but Marse Pat gi'd 'im de word,
nachel 'nuff, en us passed on.   W'en us got ter de
sleepin' tents hit 'peared lak Marse Pat got er li'l'
mo' keerful; 'e'd go 'roun' ter de back en crawl
under.   Sometimes 'e'd git in en out 'dout wekkin'
nobuddy up but sometimes Ah'd hear de mens say,
'Who dat?'

" 'E'd alluz gib 'em some foolish answer en 'ten'
lak 'e wuz drunk; en dey'd cuss 'im fer er thievin'
I'shman en tell 'im ter git out—whuch 'e done, only
Ah notice dat 'e alluz fotch dey shoes wid 'im.

"Us kep' dis up tell Ah wuz skeered dat day-
break 'ud ketch us on de wrong side de ribber.
Marse Pat seemed ter be 'joyin' 'isse'f en 'e sho'
had done strung dat rope 'e fotch clean full er
shoes.   W'en 'e come out de las' tent 'e had mo'n us
cu'd kerry so Ah tuk off mer galluses en strung de

las' ones 'roun' mer neck. 'E say dat ef Ah'd put down de sugar 'n' cawfy 'e'd git some mo' but Ah tol' 'im p'intedly Ah wa'n' gwine ter do *dat* so us started back.

"Us sho' had er load en us had ter go er long way 'roun' kaze dey wa'nt no way er hidin' whut us had. W'en us got cross de ribber day wuz breakin' en Ah stopped en looked back.

"Marse Pat seed me en 'e ax me, 'Mose, whut yer thinkin' 'bout?' ('E alluz call me dat but, Lawd, 'e cu'd er called me wusser en Ah'd er answered.)

"Ah sez ter 'im, 'Ah dunno ez Ah wuz 'zackly thinkin', Ah wuz jes' wushin' Ah cu'd see dem mens w'en dey gits up bar'footed.'

" 'Is blue eyes twinkle en 'e say, 'Faith en its mese'f dat'd lak ter do dat same, but by de he'p er de blissed St. Patrick we'll enjoy de givin' out er dese shoes mo' en dey will de losin' av dim.'

"W'en us got ter camp us went on ter Marse Billy's tent en counted out de shoes; dey wuz twentyfo' pa'rs en er odd one—Ah los' de mate 'count er stumpin' uv mer toe in er woods en havin' sich er load dat Ah couldn' stoop down ter hunt hit, en fer mo'n sixty y'rs Ah been er wushin' Ah cu'd go back en git dat shoe—dem mens needed hit so. Marse Pat tol' Marse Billy ter tek 'is pick en atter dat 'e

tol' me ter see ef dey wuz air pair big 'nuff fer me.
'E say Ah had ter trabble wid 'im so much at night
Ah bleeged ter hab good shoes.

"Atter us got ouahn fitted on, us 'vided out de
res' er dem shoes, ez fur ez dey went, in de comp'ny,
en do hit tuk some li'l' tryin' on en swappin' 'roun'
'fo' dey cu'd git fitted up, dem mens sutten'y wuz
proud er dey foots w'en dey went ter drillin' dat
day.

"Atter bre'kfus' Marse Billy tuk er li'l' er de
sugar 'n' cawfy ter Cap'n Farmer's tent en tell 'im
'e think dat Marse Pat er li'l' sorter sickish en
would 'e min' 'scusin' uv 'im f'om drillin' dat
mawnin'.

"Cap'n Farmer tuk whut Marse Billy fotch 'im
en say dat 'e'll be pleased ter do so, en me en Marse
Pat went on back ter de tent en slep' tell dinner.

"Us went on diserway tell spring. De mens
grumble 'bout layin' 'roun' en not doin' no fightin'
but Lawd knows dey had 'nuff ter grumble 'bout
'sides dat. Things 'gun ter thaw out 'bout de middle
er Ma'ch en by Ap'il hit wuz er gittin' er li'l' sorter
warm en de shad frawgs wuz er hollerin' 'long de
branches. De orficers tightened down on de drill-
in' en eb'ybuddy wuz er talkin' 'bout de spring cam-
paign.

"Us got orders ter move f'om dat place to anudder place er li'l' furder norf, en word come dat er reg'ment er Yankees wuz tryin' ter s'prize us en cut us off. W'en us moved us done hit atter dark en us done hit mighty quiet. Atter us got ter whar us wuz gwine de orficers issued out short rations en drawed us up in line er battle 'sides er li'l' creek. De orders wuz fer de mens ter res' on dey guns en not ter speak er word.

"Ah foun' Marse Billy en Marse Pat en den Ah went on down er li'l' gully en struck er match ter some dry bresh en het up de cawfy in de two canteens whut Ah alluz toted. Ah kerried hit back ter 'em en atter Marse Billy tuk er good drink 'e han' hit back ter me en Ah drunk whut 'e lef'. Marse Billy en Marse Pat wuz mos' alluz togedder now en ef dey wuz any way ertall fer me ter git wid 'em Ah wuz dar too.

"Dat army sutten'y wuz er funny place. Dar wuz Marse Billy en Marse Pat de bes' er frien's en Marse Billy wa'n't in de leas' disqualified—not dat Ah means ter disqualify Marse Pat, not ertall, kaze in 'is way 'e sho' wuz er man. 'E jes' wa'n't de same kin' er folks dat we all been used ter at home. Hit didn' seem ter matter do, atter year got in de army, whut kin' er folks yer wuz. Ah notice dat dey all fit jes' 'bout de same 'quality en trash. De army wuz er mighty leveller.

"Well, sir, us laid dar 'side dat creek er waitin', en er waitin', en yer cu'd er heerd er pin drap. Us waited, en us waited, en 'tain' nothin' happen. Bymeby mos' er de mens drap off ter sleep, but hit wuz de kin' er sleep dat'll mek yer de somep'n rash ef yer git woke up sudden. Us dozed erlong tell mos' day en den, way up at de een' er de line, er bull-frawg whut 'tain' nobuddy know nothin' 'bout, jumped in de water wid er big *kersplash,* en de fus' man in line fiahed 'is gun, 'dout reely wekkin' up. En wid dat, sir, f'om fus' ter las', all down dat line dem mens fiahed en Ah don' b'l'ebe nair man missed.

"Gentermens! dey wa'nt no mo' quiet dat night. Gen'il Bennin' come up ter de fus' man whut'd shot en 'e ax 'im, 'Did you shoot, sir?' en de man bleeged ter tell 'im, 'Yes, sir.'

"Gen'il Bennin' ax 'im, 'Whut is yo' name, sir?' en de man tell 'im 'is name.

"De gen'il gwan down dat line en 'e ax eb'y man dem two queschons en w'en de mens tell 'im 'e cuss 'im by name en by note en 'e don' spar' none er dey famblys. Da's one time Ah sho' wuz glad Ah wuz er nigger do', ter tell de trufe, dem white mens didn' seem ez much sot back ez dey mout kaze Ah heerd Marse Billy en Marse Pat snigglin' ter dey-se'fs atter de gen'il done tetched 'em up en went on by.

"De gen'il went on down dat line tell 'e got ter
de las' man en ax 'im did *'e* shoot.

"De man say, 'No, sir'—do Ah b'l'ebe 'e lied.

" 'Stid er bein' pleased, ez you'd er thought 'e
would, de gen'il lit inter dat man en cuss 'im ter
all 'is ginerations befo' en atter. 'E cuss 'im so
long en so loud dat yer'd er thought de Ol' Boy wuz
er bre'kkin' in mules dat night. 'E call 'im er cow-
ardly renergade en ax 'im howcome 'e's skeerd
ter shoot er gun ef 'e tryin' ter be er sodger—on'y
dat wa'nt de way 'e ax 'im. Hit look lak 'e jes'
couldn' be suited noways ertall dat night.

"Ouah mens alluz said dat dey gen'il wuz de
loudes' talker en de rankes' cusser in de Confed'ric
army en atter dat night Ah sutten'y 'greed wid
'em. Ah sho' wuz 'shamed uv 'im fer r'arin' 'roun'
en tekkin' on so rampageous 'bout er li'l' matter
lak dat, kaze Ah knowed de Yankees cu'd er
heerd 'im easy, ef dey wa'nt no mo' en er mile erway.

"But den, do', dat cussin' mout er been bene-
fishal atter all kaze de nex' mawnin' dey wa'nt no
sign uv er Yankee reg'ment in sight 'cep'n' de groun'
dey trompled in passin' ober.

"Us alluz called dat de Battle er de Bull Frawg,
en, ter mer min', hit wuz de sensiblest battle er de
whole war kaze dey wa'nt nobuddy hu't ertall—
'scusin' de 'sturbin' er de bull-frawg."

CHAPTER VI

"W'EN spring come *sho' 'nuff* dar wuz fightin' er plenty ter saterfy anybuddy, but de bigges' battle er de whole war wuz fit at Gittysburg in July er dat same ye'r.

"Us broke camp one mawnin', right atter bre'k-fus' en ma'ched down de road er piece ter jine de res' er de d'vision. W'en us coch up wid 'em us had orders ter stop en res' whilst de kevelry en de artillery pass us. W'en de kevelry pass dey wuz er heap er laffin' en er jokin' 'twixt dem en we all kaze us alluz called 'em de buttermilk rangers, do' Ah nuvver did 'zackly know how dey come by dat name.

"Ah seed Marse Robert w'en 'e gallop by, en w'en 'e do, 'e p'int 'is finger at me en laff, do' dey wa'nt no 'casion fer 'im ter do dat ez 'is own trif-lin' nigger done 'zert 'im long ergo en jine de Yankees.

"W'en dey all got by, de gen'il er de d'vision rid up ter Gen'il Bennin' en say, 'Put yer brigade in mo-tion, sir,' en 'fo' yer cu'd bat yer eye Gen'in Bennin' say, 'Forward, Ma'ch.' En Ah b'l'ebe 'e gib dat

(86)

order loud 'nuff fer eb'y man in de brigade ter hear hit.

"Us swung in line 'hin' de artillery en move on down dat road lak us wuz gwine somewhar. Ah cyan' tell yer 'bout de dus' in dat road, us wuz behin' eb'ything 'cep'n' de *am*berlances, en us knowed by de way dey kep' up wid de line dat er heap er dem mens wuz gwine whar dey wouldn' need no mo' rations.

"W'en us ma'ched all day us gin'elly got ten minutes res' in eb'y hour, but us didn' git hit dat day, ner no rations ne'ther; de promissory waggins wa'nt eben in sight. Us ma'ched in dat dus' tell atter dark, en den us filed ter de right en ma'ch 'bout three hund'ed yards thoo er clover fiel' en stop.

"W'en de order come ter stop dem mens jes' drap in dey tracks en tuk out dey li'l' ration er hardtack en et hit whar dey wuz; en atter dat dey jes' stretch out in line en went ter sleep right dar wid eb'y buckle en strop in place, en dey guns by dey sides. Ah nuvver got no chanct ter speak ter Marse Billy dat night but Ah knowed 'e had er canteen full er cawfy en dat Marse Pat had er li'l' somep'n else ter flavor hit wid.

"Well, sir, us slep' in dat fiel' tell jes' 'fo' day en den de army wuz woke up by er big gun dat wuz right in front uv us, but whut us hadn' seed in de dark. W'en dem mens come to dey foun' dey wuz 'ranged in line er battle right behin' de artillery, en 'fo' dey knowed dey hadn' had no bre'kfus' dey wuz er fightin' in sich er way dat Ah clean los' mer appetite.

"Yer see, de big gen'ils knowed dat dey'd need reinforcements 'fo' dat battle wuz ober en us wuz hurried ter de front so ez ter git dar in de night 'dout de Yankees knowin' nothin' 'tall 'bout hit. Dey'd had some li'l' fightin' all dat day w'en us wuz er ma'chin' so, en de Yankees had took dey stan' in er place dey called Simertary Hill; en w'en night come dey jes' laid down en slep' 'mongst dem tomb-stones—dat is whut wuz lef' stan'in' atter de day's shootin'—en lemme tell you dey's er sight uv 'em er sleepin' dar yit, en ouah mens too, fer de matter er dat.

"Soon ez Ah seed whut wuz gwine on Ah knowed Ah'd follered Marse Billy too clost fer onct, but dey wa'nt no way er gittin' out dat fiel' en Ah couldn' jine in de fight effen Ah'd wanted ter, kaze de nig-gers wa'nt 'lowed ter tote no guns. 'Twa'nt long, do', 'fo' dey wa'nt no lack er guns—in fack dey had er sight mo guns den dey had mens ter tote 'em—but dat wa'nt no objeck ter me, Ah wuz er lookin' fer dat rock pile, kaze Ah couldn' fin Marse Billy.

Ah couldn' fin' de rock pile ne'ther, so Ah jes' laid
down on mer belly en crawled ter de bigges' tree
lef' stan'in' in de fiel'. De tree wuz inside ouah
lines at fus' but, Lawd, hit didn' stay dar! 'Fo' de
day wuz ober dat tree change sides ez many times
ez dat fiel' whar us fit 'bout de long street at Bull
Run.

"Ah wuz watchin' Marse Billy's reg'ment all de
time Ah wuz er circlin' 'roun' dat tree, en dey didn'
seem ter hab no orders ter jine in at fus'. Den Ah
notice dat dey th'owed down eb'ything 'cep'n' dey
ca'tage boxes en canteens, en dat de orficers wuz
issuin' out er double ration er ca'tages. All at once
dey mus' er got dey orders, do' Ah couldn' hear 'em,
en kingdom come! ef dey didn' charge up dat hill.

"Ah seed Marse Billy en Ah seed Marse Pat w'en
dey pass me; Marse Billy's face wuz pale en 'is
eyes wuz er shinin' en 'e look lak 'e gwine forrards
kaze dey's somep'n inside pushin' 'im on en 'e cyan'
stay back; Marse Pat's blue eyes wuz er twinklin'
en 'e wuz er smilin' en 'e look lak 'e 'joyin' 'isse'f
so dat 'e gwine forrard kaze 'e don' wanter stay
back. Annyhow dey wuz bofe er chargin' up dat
hill en da's de las' time Ah eber seed 'em bofe
togedder.

"Dey went up dat hill en dey tuk dem guns
whilst de Yankees wuz er shootin' 'em, en atter dey

took dey station de ol' Fifteent' stood pat, do' de
Yankees kep' er tryin' ter come back. Dey wuz so
fur erway now dat Ah couldn' see Marse Billy, let
'lone do nothin' fer 'im, en Ah jes' kep' er circlin'
'roun' dat tree whilst Ah prayed ter de Lawd ter
keep keer uv 'im fer Miss Calline tell Ah cu'd git
ter 'im.

"Mos' all dat day Marse Billy's reg'ment wuz
er hol'in' dat Simertary Hill; fas' ez dey'd beat
back one reg'ment en gain er li'l' groun', hyr'd
come anudder one up de hill. 'Bout free hours 'fo'
sundown Ah seed 'em sorter 'range deyse'fs lak dey
wuz gwine ter tek er fresh start en dar wuz er new
Yankee reg'ment comin' up de hill. De Fifteent'
gied er yell en sont 'em down er volley dat scattered
'em lak sheeps but dey wuz anudder reg'ment right
'hin' 'em en ouah line had ter fall back 'bout twenty
yards—er less.

"Whilst dey wuz er fallin' back Ah seed de flag
go down en Marse Billy runned back en grabbed hit
up en tuk hit 'long wid 'im. Den, sir, dey *wuz* some
fightin' done, en hit look lak de Fifteent' done met
dey match kaze dey ain' nobuddy ter back 'em up en
dey ammernishun done gin out.

"Ah seed de orficers leab de lines en cut de ca'tage
boxes offen de daid sodgers en ez Ah'd got right
spang in de fightin', 'count er de lines fallin' back, Ah

tu'nt in en hoped dem orficers gether up dat ammer-
nishun en tote hit ter de sodgers whut wuz still er
fightin'.

"Dat sun hung up in dat sky tell hit look lak dey
wuz er Josherway some'rs sho' 'nuff; dem white
mens fit on tell plum' dark en den come de orders
ter sleep on de lines. Dey wa'nt no sleepin' done
dat night do'; de wounded mens kep' up sich er
moanin' en er beggin' fer water. All dat night ouah
mens wucked jes' ez hard ter sabe de libes er de
wounded ez dey'd wucked in de day ter tek 'em. But
Ah couldn' pay 'em no 'tenshun, Ah wuz fumblin'
'roun' ober dat fiel' in de dark lookin' fer Marse
Billy kaze 'e hadn' answered ter roll call—ner
Marse Pat ne'ther.

"Ah foun' Marse John Murden, 'e wuz waitin'
on ouah mens en Yankees jes' er lak. Ah ax 'im
had 'e seed air one uv 'em, en 'e say 'e seed 'em
bofe in er place dey called de Debil's Gap whar de
wuss er de fightin' wuz, en dat 'e 'fraid dey wus
capchered kaze 'e ain' seed er heerd nothin' uv
'em sence. Dat wa'nt whut Ah wuz skeerd uv but
Ah went on huntin'—Ah couldn' pay no 'tenshun
ter dem wounded mens, dey wuz too many uv 'em.

"All dat night Ah hunted Marse Billy en w'en
day come Ah went ter look fer Marse Robert kaze
Ah wanted some he'p. Ah foun' 'is reg'ment but

Marse Robert done been wounded en tuk off in er
*am*berlance, en den Ah knowed dat ef Ah foun' 'im
ertall Ah had ter do hit merse'f kaze eben Marse
Pat done fail me.

"Ah went on back ter de fiel' ter look some mo'
—de wounded mens wa'nt mekkin' so much noise
now, de bes' uv 'em had done been picked up en
mos' er de yuthers wuz mo' quiet. Ah went ober
dat Simertary Hill en dey wa'nt er tom'stone lef'
stan'in' en dey wuz er heap mo' daid mens on top er
de groun' den dey wuz underneaf hit. Ah tried ter
foller de parf er de Fifteent' but hit wuz hard ter do
ez all de lan'marks wuz shot ter pieces.

"Right on top er de hill Ah stopped short, Ah
made sho' Ah had foun' Marse Pat, but w'en Ah
seed dat 'e had on er blue nuniform Ah knowed hit
wuz 'is brudder 'stid er him. 'E wuz layin' on 'is
back wid 'is blue eyes wide open, lookin' at de sky.
'E wuz jes' one er all de yuthers, en Ah went on
down de hill. Jes' ez Ah went ter jump one er de
twenches whut de Yankees had dug 'cross de fiel'
Ah seed er man, layin' on 'is face, dat looked famil-
yer. Ah tu'nt 'im ober en, sho' 'nuff, hit wuz Marse
Pat. 'E wuz shot up pitiful but 'e still hol'in 'is gun
en hit drapped outen 'is han's w'en Ah eased 'im
down.

"Ah sot down by 'im in all er dat death en 'struc-

tion en hit seem lak Ah couldn' go no furder. 'Sides
Marse Billy, 'e'd been de bes' frien' Ah eber had,
en now dat 'e wuz gone Ah knowed Ah nuvver
would fin' Marse Billy no mo'. Ah thought 'bout
Ol' Marster en Miss Calline at home, 'pen'in' on
me ter bring 'im back, en how Ah gwine bring 'im
w'en Ah cyan' fin' 'im?

"W'en Ah come to Ah knowed Ah got ter gwan
huntin'. Ah look at Marse Pat en 'e wuz layin'
dar smilin', lak 'e alluz do, but Ah knowed Ah
couldn' do nothin' fer 'im, en 'e *sho'* couldn' he'p
me now. Ah tu'nt erway en tried ter go on down
de hill but Ah couldn' see nothin' but Marse Pat's
smilin' face, en all de time Ah knowed dat Marse
Billy'd want me ter tek time ter bury 'im, en Ah
tu'nt back.

"Ah knowed Ah couldn' dig no grabe kaze Ah
didn' hab no shobel en dey wa'nt hardly room on
de groun'. Ah jes' tuk 'im under de arms en drug
'im up clost ter de twench; en whilst Ah's lookin'
fer er Yankee blanket ter wrop 'im up in Ah thought
'bout 'is brudder on top er de hill, lookin' up at dat
July sun. Ah thought 'bout all dem times me en
Marse Pat crossed dat ribber in de dark, en Ah
knowed dat man 'ud hant me all mer days ef Ah lef'
'im dar. Ah went back en foun' 'im. Jes' ez Ah wuz
tekkin' off 'is ca'tage box en haversack so's 'e'd be

lighter ter tote, 'e wuz er big man lak Marse Pat,
two er free Yankee orficers come up en 'fo' Ah
knowed dey wuz dar, dey wuz sayin' somep'n ter
me 'bout robbin' de daid.

"Ah stood up en tetched mer raggedy hat en say,
' 'Scuse me, gent'mens, Ah ain't er robbin' dis man.
'E had er brudder on ouah side dat sho' wuz er
frien' ter me, en ez Ah wuz fixin' ter bury 'im in de
twench down yander Ah thought Ah'd come back
en git 'im too. Hit wuz de bes' Ah cu'd do ez Ah
didn' hab de heart ner de tools ter dig er grabe.
Ef you gent'mens don' b'l'ebe whut Ah's sayin'
jes' step down de hill er piece en look at de yuther
man en Ah think yer'll see hit's so.'

"Ah waited er minnit ter see ef dey's gwine ter
lemme gwan wid whut Ah's doin', en one uv 'em say
'e'd he'p me ter tote 'im down de hill. Ah wuz
sho' glad er dat kaze Ah wuz so weak en hongry
dat Ah fair stumbled ober de daid mens. Atter
Ah'd fell er time er two anudder one er de mens
come up en took mer place en dey toted de man on
down de hill. W'en dey laid 'im down by Marse
Pat yer sho' couldn' tell 'em apart, 'cep'n' one had
on er blue nuniform en de yuther had on no nuni-
form ertall ter speak uv—'cep'n' rags.

"One er de orficers look at Marse Pat pitiful lak,

en den tell de yuthers ter look at de po' feller's
foots stickin' out 'e shoes.

"Ah didn' want 'em ter be pityin' uv 'im now, at-
ter dey done kilt 'im, en Ah sez, 'Gent'mens, Ah
don' think yer need ter bodder 'bout bein' sorry
fer dat man. 'E loved ter live en 'e loved ter fight
en 'e went ter kingdom come er smilin'. Hit's true
'e wuz hongry er heap er times whilst 'e wuz heah
but 'e alluz 'vided 'is las' crus' en now Ah b'l'ebes
'e's feas'in' in Paridise wid dem saints whut 'e call
on so reg'lar—kaze dey sho' seemed ter he'p 'im
out w'en 'e call on 'em, eben in 'is debilment.'

"De orficers didn' mek no answer ter dat but
dey hoped me ter wrop 'em up en lay 'em in de
twench, en den dey sot dar whilst Ah tuk er bay'net
en scraped de dirt er de bre's'work down on 'em tell
Ah kivered 'em up.

"Atter Ah'd finished Ah stood up en one er de
orficers p'inted 'cross de fiel' en tol' me dat dey
camp wuz ober dar en dat ef Ah'd go ter hit 'e'd
gimme er pass fer 'em ter lemme in en gimme
somep'n' t'eat.

"Ah tol' 'im dat Ah's much obleeged but Ah
didn' want nothin' 'tall en dat Ah's lookin' fer mer
young marster whut Ah bleeged ter fin' kaze Ol'
Marster en Miss Calline done sont me wid 'im en
tol' me ter bring 'im back ter 'em ef anything
happen.

" 'E ax me whut reg'ment did mer marster b'long ter en Ah tol' 'im de Fifteent', en dat 'e wuz las' seen at Debil's Gap.

" 'E shuck 'is haid en tell me dat 'e 'fraid Ah ain' gwine ter fin' 'im, dat de Fifteent' might' nigh fit ter de las' man, en dat er heap er dem whut wuz lef' wuz capchered at Debil's Gap. 'E gimme er dollar do', en er li'l' somep'n ter drink outen 'is canteen en Ah went on er sarchin'.

"Atter Ah'd crossed de fiel', mos' ter de road, Ah heerd hosses tromplin' en Ah looked up en seed ouah army wuz er movin' souf but Ah wuz'n 'sprized kaze Ah had already heerd de bugler blow boots en saddles, fer de kevelry. Ah watched de artillery go by—en Marse Robert's kevelry reg'-ment. Ah seed Marse Billy's reg'ment go ober de hill en down de road. Dey wa'nt many uv 'em—li'l' mo'n er hund'ed,—Ah knowed whar mos' uv 'em wuz, hit wuz jes' Marse Billy en de flag Ah couldn' fin', en Miss Calline 'speckin' me ter bring 'im home.

"Ez de reg'ment pass me er heap er de mens motion at me fer ter come on, en w'en Cap'n Farm-er come up 'e speak ter me lak 'e gibin' orders ter 'is men—'e say, 'Dave, git in line.'

"Ah tech mer hat en Ah say, ' 'Scuse me, Cap'n but Ah don' b'long ter de army. Ah bleeged ter stay tell Ah fin' Marse Billy kaze 'is folks is 'speck-in' me ter bring 'im home *somehow*.

"Cap'n Farmer don' say nothin' else, 'e jes' s'lute en rid on—yes, sir, 'e sho' s'luted dis nigger—en atter 'e pass on eb'y sodger in de reg'ment whut wuz 'hin' 'im, s'lute ez 'e pass by, leabin' me er cryin' by merse'f on dat battlefiel'.

"Ah watched de army out er sight en den dey wa'nt nothin' lef' ter me *but* de fiel'. Ah tu'nt 'roun' en went ober eb'y eench uv hit ergin en at las', down in er holler in er li'l' thicket, Ah foun' 'im, layin' on 'is face wid one arm under 'is haid en de yuther han' shet tight 'roun' de hick'ry saplin' whut dey'd tied de flag ter w'en de pole wuz shot in two.

"'E wuz so still dat Ah wuz skeered ter tech 'im, Ah jes' sot down by 'im en wondered how wuz Ah gwine ter git 'im back ter Ol' Miss kaze Ah wuz 'way behin' de Yankee lines en Ah didn' hab no money. Whilst Ah's stiddyin' Marse Billy sorter moan en mobe er li'l' en, Lawd, ef Ah'd been 'lec-terfied Ah couldn' er jumped no quicker! Ah for-got all 'bout bein' tired en hongry en jes' sot ter wuck right now. Ah tu'n 'im ober easy en call 'is name low lak, kaze Ah's skeerd some er de Yankees whut wuz gwine ober de fiel' buryin' dey daid 'ud hear me. 'E don' say nothin' but 'e open 'is eyes en dey look sorter cur'os. Ah fill 'is canteen f'om

er li'l' spring whut wuz so clost down under some
rocks dat dey hadn' no daid mens fell in hit en got
'im ter swaller er li'l' water. Den Ah jes' sot dar
by 'im en baved 'is face en han's en de woun' in 'is
shoulder dat 'e'd done stopped bleedin', do hit
looked pow'ful bad.

"All dat ebenin' Ah sot dar bavin' Marse Billy
en tryin' ter 'cide whut ter do. De Yankee sod-
gers wuz gwine ober dat fiel', buryin' de daid en
totin' off de res' er de wounded whut wuz still er-
libe, en Ah sho' didn' wan'er git coch down in dat
holler wid Marse Billy kaze Ah knowed 'e'd be
sont ter er prison camp en Ah's skeerd dey wouldn'
lemme go wid 'im.

" 'Long in de cool er de ebenin' do, things got
mo' quiet en Ah didn' see nobuddy mobin in de fiel'.
Marse Billy sorter come to, en 'e call me lak 'e
know me. 'E look lak 'e feel er li'l' better en
wanter talk.

" 'E ax me wuz de army gone en Ah tol' 'im hit
lef' 'bout fo' hours ergo. 'E's too sick ter worry
'bout dat but bymeby 'e seed de flag en 'e ax me
whut is us gwine ter do wid *hit*—en Ah sho' cyan
tell 'im dat.

" 'E seem lak 'e stiddyin' 'bout hit er long time,
en nen 'e say, 'Dave, mos' er de mens whut fit fer
dat flag is er lyin' on dat fiel' out dar, en ef us is

behin' de enemies lines hit'll sho' be foun' 'fo' us
kin tek hit erway. De bes' thing ter do wid hit is
ter bury hit right heah.'

"Ez fur ez Ah cu'd see dey wa'nt nothin' else *ter*
do, so Ah tuk 'is bay'net en dug er hole, den Ah cut
dat ol' raggedy flag offen dat hick'ry saplin' en
folded hit up, all soppin' wid Marse Billy's blood,
en buried hit dar in Debil's Gap jes' ez de sun
went down—en dat wuz de reezon why de flag er
de Fifteent' Ga. wa'nt nuvver foun'."

CHAPTER VII

"SOON ez Ah finished buryin' de flag Ah tu'nt 'roun' ter Marse Billy. 'E wuz layin' wid 'is arm up ober 'is face en 'e so still dat Ah gits skeerd ergin. Ah looks closter, do, en Ah seed de tears wuz er drappin' offen 'is cheeks. Ah don' say nothin', Ah jes' sets en waits. Ah knowed 'e felt ez bad ez de bigges' gin'el in de army but dey wa'nt nothin' *Ah* cu'd say ter comfort 'im.

"Atter while do, 'e wipe 'is eyes on 'is sleebe en say ter me, jes' lak er li'l' boy, 'Dave, how is you gwine ter git me out er heah?'

"De Lawd knowed 'e don' ax me somep'n Ah couldn' answer but Ah don' tell 'im dat; Ah jes' say confidenshal lak, 'Ah ain' 'zackly 'cided dat yit. Ah jes' waitin' fer hit ter git er li'l' darker so's Ah kin step off er piece en see how de lan' lays.'

" 'E seem ter be saterfied wid dat, en w'en Ah'd made 'im up er baid outen de blankets Ah'd ker-lected f'om de fiel' atter de Yankees lef', 'e lay back en look lak 'e wanter sleep. Ah baves 'is face en rubs 'is haid en 'twa'nt long 'fo' 'e draps off.

"Ah sets dar by 'im en watches 'im er while en

'e look ter me lak 'e's consider'ble better.   Ah'd
cut de shirt offen 'is shoulder en de tail offen de
shirt fer er bandage, en fixed 'is woun' up all right.
Hit wa'nt sich er bad woun', en do de ball had went
plum' thoo de shoulder Ah didn' b'l'ebe no bones
wuz broke.   Mer min' wuz sutten'y relieved 'bout
'im en Ah jes' sot dar stiddyin' 'bout how wuz Ah
gwine ter git 'im out dat place.   Ah sho' griebed
'bout Marse Pat.   So fur hit'd took me en him en
de good Lawd ter tek keer uv Marse Billy, en now
hyr Ah wuz way up heah wid nobuddy ter he'p me
but jes' de Lawd—en Ah didn' hab no money 'cep'n'
de dollar whut de Yankee orficer gi'ed me.

"Jes' 'fo' dark, w'en hit wuz gittin' sorter chilly
down in dat holler, Ah thought ez eb'ything wuz so
still hit'd be safe fer me ter leab 'im er while en
Ah drawed 'is blankets up er li'l' closter en went
on up de hill ter de road.

"Ah stood dar er while, tryin' ter 'cide which
way ter go.   Way off ter de right Ah cu'd see de
line er camp fiahs, whar Ah knowed de Yankee
sodgers wuz cookin' dey supper—en Ah hadn' had
er bite t'eat sence day 'fo' yistiday.   Not fur ter
de lef' wuz dey picket line en so dey wa'nt nothin'
lef' me but de big road.

"Ah walked on er piece, lookin' f'om side ter
side.   De houses wuz so shot up dat yer needen'

'speck ter fin' nobody in 'em en Ah walked on fer 'bout ha'f er mile 'dout meetin' er livin' dawg. Ah wuz 'bout ter gib up en gwan back, kaze Ah wuz skeerd ter leab Marse Billy so long w'en, er li'l' piece off ter de right, Ah seed er big white house dat look so much lak ouahn at home dat Ah bleeged ter go in.

"Ah smelt ham er fryin' en cawfy b'ilin' en Ah steps 'roun' ter de back en up ter de kitchen do', whuch wuz open. Dar wuz er big fat black gal in dar cookin' supper en she sutteny did look home-lak ter me. Ah knowed Ah nuvver did hab no sort er luck wid nigger wimmins—leas'ways not wid dem up dar—but Ah bleeged ter do de bes' Ah kin so Ah steps up er li'l' closter en teks off mer ol' hat en sez, 'Good ebenin', Miss.'

"De gal look at me en den she look 'roun' lak she 'speckin' ter see somebuddy else in de kitchen; en w'en she don' see nobudy she ax, 'Whar yer come f'om?'

" 'O, 'roun' erbout,' sez I, tryin' ter ac' airish lak de res' er de niggers up dar.

" 'Well yer better gwan whar yer come f'om 'fo' Ah knocks yer dar wid er stick er fiah wood,' sez she whilst she tu'n de gre't big slices er ham, sizzlin' in de skellet.

"Ah couldn' no mo' he'p steppin' inter dat kitch-

en dan Ah cu'd he'p breavin'. Ah eases up ter de
gal whilst 'er back wuz tu'nt en sez, 'Aw, gwan
honey, lemme hab somp'n t'eat.'

"Dat gal wheel 'roun' at me wid er kittle er
scaldin' water en say, 'Git out er mer kitchen, yer
long laiged ashy debil you, 'fo' Ah po's dis water
on yer. Yer nee'nter think jes' kaze Ah follered
Miss Betsy up ter dis ongawdly place dat Ah'll
stan' ter be 'sulted at by er triflin' low lifted free
nigger.'

"Dem sho' wuz pleasant words ter me kaze Ah
knowed whar Ah wuz sta'in' now. Ah draps all
dat foolishness en 'splains mer circumstanches en
tells er all 'bout Marse Billy layin' ober dar in dat
fiel', s'rounded by de enemy.

"She lissen 'tell Ah got thoo en den she gimme
all Ah want ter eat—she sho' wuz er 'zernin'
pusson. Atter dat she gimme er bottle er hot soup
en fill up mer canteen full er cawfy en say Ah kin
gwan back kaze she know de place en dat she'll
see cyan' she git somebuddy ter he'p me atter dark.

"Ah jes' couldn' thank dat gal but Ah done de
bes' Ah could en tuk whut she gimme en started on
back up de road. Ah wa'nt lookin' forrard wid no
pleasure ter crossin' dat fiel' atter dark, do Ah wa'nt
'speckin' nobuddy ter be stirrin' 'roun'—leas'ways
not nobuddy yer cu'd see er hear—en Ah sho' wuz
anxious ter git back ter Marse Billy.

"Ah foun' 'im jes' lak Ah lef' 'im but Ah couldn'
stan' hit by merse'f so Ah woked 'im up—en too,
Ah knowed 'e reely needed dat hot soup whut de
gal sont.

" 'E drunk hit ter de las' drap en den 'e drunk
some er de cawfy too. 'E look lak 'e feel toler'ble
well en Ah couldn' keep 'im f'om talkin'.

" 'E ax me 'bout all de boys in de comp'ny, en
dey wa'nt many lef' ter tell 'im 'bout. 'E'd seed
Marse Pat fall en Ah sho' Gawd wuz glad Ah cu'd
tell 'im dat Ah'd went back en buried 'im. Dat
fiel' wuz one lonesome place dat night en 'peared lak
Marse Billy didn' wan'er talk 'bout nothin' but
daid folks.

"All at onct Ah felt somebuddy comin' en Ah
looked up. De moon wuz er shinin' on dat parf ez
bright ez day en Ah seed er lady comin' down hit
dat Ah wuz sho' stepped right f'om hebben. 'Er
dress wuz white en er ha'r wuz gol' en she too
purty ter b'long ter dis sinful worl'. Ah wuz
skeered she done come fer Marse Billy en Ah draps
down on mer knees 'side 'im, do' Ah knows Ah cyan'
perteck 'im f'om 'er ef she wan' 'im.

"Marse Billy done seed 'er now en bofe uv us
is so still dat she don' notice us en she stop jes'
'fo' she got ter us.

"She tu'n 'roun' en say, 'Hanner, didn' yer say

dis wuz de place?' en bress de good Lawd! right
'hin' er wuz de black gal whut gimme de soup, en
wid 'er wuz er black boy dey called Peter.

"Ah knowed den dat de lady wuz Miss Betsy en
dat dey'd come ter he'p me. Ah stood up en made
de bes' bow Ah could en tried ter 'splain ter 'er dat
hit wa'nt nachel fer Marse Billy, er 'is nigger, ter
be so raggedy; but dat hit wuz all on 'count uv 'is
bein' in de war en not 'count uv ouah reg'lar cir-
cumstanches, whuch wuz uv de very bes' en de
highes' quality besides.

"Miss Betsy don' look lak she misbelieb nothin'
Ah tol' 'er en she ax Marse Billy how do 'e feel.

"Marse Billy done brighten up right smart en 'e
tell 'er 'e fellin' very well now.

"She tell 'im dat she gwine ter tek 'im wid 'er
but she bleeged ter put 'im in de attick on 'count
uv 'er uncle whut she stayin' wid bein' er nunion
orficer. She say 'e won' 'low 'im in de house ef 'e
know hit en dat dese two whut wuz wid 'er is 'er
own niggers en de onlies' ones she kin 'pen' on fer
nothin'.

"Marse Billy tell 'er dat 'e don' keer whar she
put 'im, en dat 'e's 'stremely gratified fer any he'p
ertall kaze us sho' couldn' git out dat place by
ouahse'fs.

Miss Betsy tell 'im don' mention hit en dat 'er

own brudder wuz fightin' on ouah side, den she mo-
tion fer Peter ter bring de stretcher en me en 'im
put Marse Billy on hit en starts on 'cross dat fiel'
ergin—en Ah sho' Gawd wuz glad ter hab comp'ny
yer cu'd see en hear.

"W'en us got mos' ter de house Miss Betsy tol'
Hanner ter gwan erhaid en see ef us cu'd git in
'dout nobuddy knowin' hit. She gwan er li'l' piece
en nen she come back en motion fer us ter c'm'on.
W'en us got ter de house us went up de sta'rs en
den up some mo' sta'rs ter de attick whar Miss
Betsy had done made up er baid fer Marse Billy on
er big ol' sofy. She had done laid 'im out some
clean clo'es too; en w'en Hanner foch up er kettle
er hot water Ah sho' made Marse Billy look nachel
in less'n no time.

"Hit's de trufe, 'e don' been raggedy so long dat
Ah mos' forgot whut er pussonable lookin' young
gent'man 'e wuz en Ah sho' wuz proud uv 'im w'en
Miss Betsy come back en see how us wuz fixed up.

"She look lak she ain' so pow'ful displeased wid
'im 'erse'f en whilst Ah sorter watches Hanner out
de cornders uv mer eyes she sets dar en talks ter
'im er right smart while. She tell 'im dat 'er uncle
wuz wid de Yankee army—not de one whut we fit
at Gittysburg but annudder one—en dat 'e won' be
home fer some li'l' time, lessen 'e change 'is plans.

She say she hope Marse Billy'd be well 'fo' 'e git
home en dat she cu'd fin' some way ter git 'im thoo
de lines back ter 'is army 'dout de Yankees fin'in
hit out.

"Marse Billy say 'e hope so too; but 'e ac' mighty
onconsarned 'bout hit, seein' ez how 'e ain' been dat
way befo'.

"Bymeby Miss Betsy tell 'im dat she know 'e
tired en she 'speck she better go. 'E tell 'er 'e
feel mighty res'ful en dat 'e ain' sleepy 'tall.

" 'Is cheecks so flushed en 'is eyes wuz so bright
dat Ah's skeerd de fever wuz comin' back on 'im
but 'e talk sensible 'nuff en Miss Betsy set er li'l'
while longer en den she tol' 'im 'goodnight' en lef'
'im sho' 'nuff.

" 'E slep' jes' lak er baby all dat night, en w'en
she come up in de mawnin' wid 'is bre'kfus' 'e
look so han'some in de clean clo'es she'd gi'ed 'im,
en so much lak 'isse'f, dat Ah cu'd hardly b'l'ebe hit
wuz him.

" 'E et all de bre'kfus' she foch 'im whilst she
sot dar by de sofy, axin' 'im queschons. 'E tol' 'er
'bout de battle en 'bout de buryin' uv de flag so's
de Yankees won' fin' hit.

"De tears wuz in 'er eyes but she tell 'im she
glad dey cyan' git de flag anyhow en dat she'd
heerd one er de Yankee orficers say dat dey'd los'

so many mens in dat fight dat dey couldn' foller up ouah army tell dey got some mo'.

"Atter dey finish talkin' 'bout de battle Marse Billy tell 'er who 'e is en whar 'e's f'om. She tell 'im she f'om Richmon' but dat er folks wuz 'vided in de war. She say dey hadn' fell out 'bout hit do', en dat she'd been sont ter 'er uncle kaze dey didn' think Richmon' wuz er safe place. She say she didn' wan'er come, dat she wan'er go ter de hoss-pital en nuss de wounded en er folks say she wa'nt ol' 'nuff, but she know she wuz. She say she been er he'ppin' ouah sodgers eb'y chanct she got anyhow.

"Miss Betsy come up ter see us lak dat fer er week er mo' en dey got right soshiable. Marse Billy peartened up tell yer wouldn' b'l'ebe hit wuz him. Den one day she didn' come ertall, en Hanner slips up wid ouah vittles en say dat Miss Betsy cyan' come tell night kaze 'er uncle wuz done come back onexpected en she don' wan'er 'cite no 'spish-ons. She say too, fer me not ter show mer black face at nair window. Ah knowed Miss Betsy hadn' said dat—leas'ways not dat erway—but Hanner en me had done 'stablish er right good onderstan'-in' by now en Ah didn' tek no 'fense at 'er.

"But anyhow, us sho' stayed clost dat day en hit wuz long er good while atter supper 'fo' Miss Betsy come er tiptoin' up de steps wid 'er blue nun-

iform. She set dar by Marse Billy en talk ter 'im
er good while. She tell 'im dat she sorry fer 'im
ter leab so soon, but she heerd 'er uncle say er big
Yankee army wuz er movin' souf atter ouah mens
en dat she skeerd 'e'll be cut off f'om de army sho'
'nuff ef 'e don' gwan now.

"Marse Billy don' look lak 'e's r'arin' ter go
ez 'e'd alluz been, but 'e 'greed wid 'er dat hit's de
bes' 'e kin do. She tol' 'im den dat dey wuz er
hoss saddled en waitin' at de back gate en jes' ez
soon ez she thought 'e'd had time ter git 'is clo'es
on she'd start ter playin' de pianner en gib 'im er
chanct ter git out whilst she 'stractin' 'er uncle's
'tenshun. Den she tol' 'im goodby whilst mer back
wuz tu'nt—Ah wuz tryin' ter see ef Ah cu'd git
er las' word wid Hanner—but Marse Billy sho'
didn' seem ter have no sperrit ter put on dat blue
nuniform en Ah's skeerd 'e ain' so well atter all.

"Ah hurries 'im all Ah kin do, en er li'l' while
'fo' Ah git 'im dressed de pianner start up lak Miss
Betsy tryin' ter mek all de fuss she kin. 'Stid er
hurryin' Marse Billy on howsomeber, dat music
had er diff'ent effeck. 'E jes' stood stock still lis'-
nin' ter dat chune plum' ter de een'. Atter hit
stop do', 'e look lak 'e dunno whut ter do, en dat 'e
wush 'e hadder went on whilst times wuz good. Us
stood dar er minnit tryin' ter 'cide whut ter do but

Miss Betsy strack inter Yankee Doodle, en us nuvver had no trouble 'tall 'bout gittin' out de house.

"Us foun' de hoss whar Miss Betsy tol' us hit wuz en Ah got up 'hin' Marse Billy en us tuk de road whut she tol' us ter tek; but all de time us wuz er ridin' Ah notice dat Marse Billy wuz er whistlin' dat fus' chune under 'is breff lak 'e tryin' ter fix hit in 'is min', en atter dat Ah nuvver knowed 'im ter tek up 'is fiddle 'dout playin' dat chune fus'.

"Us rid mos' all night 'fo' us foun' de place whar de army wuz camped en hit wuz jes' ouah luck not ter know air man on picket gyard dat night. Marse Billy went f'om one ter de yuthers, 'splainin' who us wuz but 'e didn' know de pass word en us couldn' git in.

"Us waits tell dey change gyards but us didn' hab no better luck, en Marse Billy'd 'bout 'cided us'd hatter wait tell mawnin' w'en us seed er li'l' fat I'shman gwine todes de camp wid two big white gooses. Us knowed by de way 'e wuz walkin' dat gooses wa'nt de onlies' thing 'e wuz totin' en Marse Billy steps up en axes 'im don' 'e want 'im ter he'p 'im wid de gooses.

"De I'shman try ter stan' er li'l' mo' stiddy en 'e ax Marse Billy do 'e know de password er de night, en Marse Billy bleeged ter tell 'im dat 'e don' know hit.

"De man say, 'Well yer cyan' git in 'dout yer says, *'Buregyard'*, en 'e staggers on.

"Marse Billy laff ter 'isse'f en wait er li'l', en den 'e goes up ter de gyard en gi'ed 'im de word en us walks thoo de lines. 'E's done put on 'is ol' raggedy gray nuniform en hit wuz gittin' light now en us didn' hab no trouble in fin'in' whut wuz lef' er de Fifteent'."

CHAPTER VIII

DE BATTLE ERBOVE DE CLOUDS

"HIT wuz long to'des de las' er de fightin' w'en us moved on down ter Tennysee. Us had been crowded out er de Callinas en us 'sputed eb'y step er de way en didn' gib er eench er groun' lessen us had ter. Atter us got ter Tennysee us took er stan' at Chattanoogy en den all de reg'ments whut cu'd git togedder commenst ter kerleck 'roun' dat place tell Ah knowed dey wuz boun' ter be er fight dar 'fo' long.

"De ol' Fifteent' didn' look lak de same reg'ment, dey wuz so many new mens in hit—dat is, new f'om whut us started wid. De mens didn' laff en sing 'roun' de fiah ne'ther, lak us did at fus', but Ah couldn' see dat dey'd los' none er dey fightin' qualities. Dat Fifteent' sho' wuz er rank fightin' reg'-ment.

"Ah'd got sorter hardened ter de fightin' by now but hit did look lak er pity ter git dat clost ter home en den ter stop en fight en mebby git kilt 'fo' us got dar.

"De part uv de army whut us wuz wid tuk dey stan' at Mish'nary Ridge on Lookout Mounting.

Marse Robert's kevelry reg'ment went on erhaid
uv us en dey's er right smart uv er squirmish at er
farmhouse at de foot er de mounting.   W'en us
got dar de house wuz shot up scan'lous, de fences
wuz all down en dey wuz er big ol' sow layin' out
in de yard, daid.   Ah sutten'y didn' expeck ter see
nobuddy at dat place but dey wuz er tall white
'oman runnin' 'roun' de house tryin' ter kerleck up
er litter er li'l' pigs, en dey's er runnin' en er squeal-
in' so fas' er bullet couldn' tech 'em.

"W'en de 'oman seed us comin' she forgot 'bout
de pigs en snatch up er broom en lambasted dem
sodgers scan'lous whilst she holler, 'Git out mer
yard, yer dam' rebels. Er critter comp'ny * jes' come
thoo heah en formed er line er battle in dis yard
en dey tu'nt ober mer ash hopper. Git out Ah say!'
en de 'oman use de broom so reckless dat de mens
sorter circled 'roun' de yard 'dout passin' thoo it.
(Yer see Tennysee wuz one er dem 'vided states
en w'en yer got 'mongst dem folks in de mountings
yer couldn' tell who wuz fer de norf en who wuz
fer de souf en hit gid yer er mighty res'less sorter
feelin' kaze yer couldn' tell whar yer wuz gwine
tell yer got dar.)

"Hit look lak ter me wid all dat litterment en de
daid sow spraid ober de yard dat de 'oman cu'd er

---

* A horse, hence a Cavalry Company.

foun' er better complaint dan de ash hopper, but 'twan' nothin' ter me, en Ah steps 'roun' de yard merse'f.

"Dat wuz de cur'osest fight Ah eber got mixed up in en Ah sho' wa'nt sorry w'en us had ter come down en tu'n dat mounting ober ter de Yankees. Yer see w'en de fight reely started us wuz up on top er de mounting en dey sho' wa'nt no lack er rocks ter hide behin'. Ah had er good place ter watch en Ah b'l'ebes Ah seed mo' er de nachel fightin' den Ah did in air battle Ah'd been in yit. Ah foun' er big rock en motions fer Marse Billy ter git 'hin' hit, kaze 'e cu'd shoot jes' ez good en de bullets en de Minnie balls wouldn' hab nigh sich er chanct at 'im; but 'e jes' tell me ter go ter de debil en gwan r'arin' en chargin' ober dat mounting wid all de yuthers.

"Us didn' hab ha'f ez many mens ter start wid ez de Yankees but us wuz er fiahin' down on 'em en hit look lak us boun' ter win dis fight. De fus' thing us knowed, howsomeber, er gray cloud ez thick ez er blanket jes' rolled long de mounting side en kivered up dat whole Yankee army lak de good Lawd wuz tryin' ter 'teck 'em f'om us. De cloud jes' close in 'roun' de mounting so dat us couldn' see nothin' below hit en den hit roll up tell us wuz stan'-in' in hit. Hit look tur'ble 'nuff den, but terreckly

de lightnin' en de thunder start up in dat cloud en
hit look lak de Ol' Marster done tuk up de fight
whar de mens lef' off, en Ah don' min' tellin' yer
dat Dave wuz skeerd plum' stiff.

"Up 'bove us de sky wuz ez blue, en de sun wuz
shinin' nachel; but us wuz shet clean off f'om de
yerth en dey wa'nt nothin' ter 'stract de good
Lawd's 'tenshun f'om yer. Hit sho' wuz er good
place ter stiddy 'bout yer pas' behavior en Ah don'
b'l'ebe Ah wuz de only man dar whut wuz thinkin'
'bout some er de things 'e'd done er li'l' bit diff'-
ent f'om whut 'e though w'en 'e done 'em.

"De cloud got so thick dat ouah mens stopped
fiahin' kaze dey didn' hab no ammernishun ter was'
but de Ol' Marster kep' 'is artillery gwine en Ah
didn' know who 'e's fightin' fer. Ef 'e wuz on dey
side Ah couldn' onderstan' howcome 'e wuz kaze
Marse Billy sho' wuz on ouahn. But de ways uv
Providence is sho' misteer'ous en Ah didn' wanter
stan' in de way. Ah sho' would er been glad ter git
off er dat mounting sooner dan whut Ah did.

"By de time de cloud rolled erway de Yankees
wuz done got some mo' reinforcements en made er
li'l' better stan'; kaze all de time dey wuz shet off
f'om us day cu'd see whut dey wuz doin', en de
rain whut fell outen dat cloud nuvver mo' en laid
de dus'.

"Atter de cloud pass de fightin' start up ergin, ranker'n eber, en hit look lak de Fifteent' gwine ter fight ter de las' man dis time *sho' 'nuff*. Hones' ter Gawd Ah b'l'ebes dem free days fightin' wuz de hardes' us done in de whole war.

"Atter hit wuz ober us had ter fall back clean inter Georgia en Lawd! how Ah did wanter gwan home. W'en Ah speak ter Marse Billy 'bout hit 'e say 'e puffetly willin' fer me ter go, but dat 'e cyan' go 'isse'f. 'E say dat de niggers all gwine ter be free anyhow en Ah cu'd tek mer freedom now kaze Ah'd sutten'y been faithful ter 'im en ter de reg'ment. 'E say 'e don' blame me fur wantin' ter go, dat 'e wanter go 'isse'f but 'e got ter stay ter de een'.

"Marse Billy sho' did misjedge me dat time. Ah dunno howcome 'e thought Ah wanter go leab 'im now w'en 'e too broken sperrited ter cuss me 'bout teasin' 'im ter do somep'n 'e ain' gwine ter do ef 'e kin.

"Dey sutten'y wuz tur'ble times do', ouah mens wuz all kilt out en dey wa'nt no mo' ter tek dey place. Dey had done tuk in all de boys whut wuz ol' 'nuff ter tote er gun en er heap whut wa'nt. Dey wa'nt nobuddy at home ter raise no craps 'cep'n' de niggers; en niggers, w'en dey's lef' ter deyse'fs, is sho' er low down nashun ter put yer 'pen'ence on.

De railroads wuz all to' up en de folks at home couldn' sen' us whut li'l' dey had—en hit wuz whut yer cu'd git er nothin' now.

"Sometimes Ah thinks dat de sodgers whut didn' hatter pass thoo dem las' two ye'rs er de war wuz let off easy. Dar wuz Marse Billy now, er young gent'man uv quality en circumstanches, shiverin' 'roun' de fiah, ez raggedy ez er buzzard in sheddin' time. W'en 'e ma'ched ober de friz up roads 'is foots wuz so bar' dat 'e lef' blood in 'is tracks in de snow. Eb'y man in de reg'ment wuz jes' ez bad off 'en de orficers deyse'fs looked lak dey'd been sont fer en couldn' come, kaze mos' uv 'em wouldn' tek no better'n whut de foot sodgers had. Dey all look jes' 'bout alak; de bottom rail sutten'y wuz on top. De quality en de trash done met fer sho', en dey look lak dey's er li'l' mo' pleased wid one anudder dan whut dey 'spected ter be.

"Us had done went back up 'bout Richmon' ergin—das' whar us made ouah las' stan'—en hit wuz ez col' ez hit wuz de winter befo'. Ah wuz fair 'stracted 'bout Marse Billy's foots tell one day Ah seed er nigger gwine 'roun' wid 'is foots wropped up in pieces er raw cowhide wid de ha'r tu'nt in, en, gentermens! Ah nuvver stopped dat day tell Ah met up wid er cow. Stock wa'nt ter be foun' promisc'us lak ertall in dem days en Ah rambled jes'

'bout all day 'fo' Ah peeked thoo de cracks uv er
ol' barn en seed whut Ah wanted. Hit wuz er easy
matter ter loosen er few planks f'om de back en
drive de cow out. 'E didn' seem ter be so 'tached
ter 'is folks ez ol' Sal wuz en Ah druv 'im so lively
dat us got ter camp 'fo' sundown.

"W'en Ah got dar Ah axed some er de sodgers
ter he'p me kill 'im 'fo' Marse Billy foun' out 'bout
hit, do' 'e had might' nigh stopped axin' me whar
Ah got truck. De cow tu'nt out ter be er steer so
ol' yer couldn' hardly drink 'is soup, but dat wuz
all de better fer 'is hide.

"Ah cut off er sizable piece en went up ter Marse
Billy whar 'e wuz er warmin' 'is foots by de fiah en
Ah spraided hit down wid de ha'r side up en tol'
'im ter put 'is foots on hit. Atter 'e set 'is foots in
place Ah tuk mer knife en cut 'roun' de aidges en
brought 'em up en laced 'em on wid rawhide strips.

"All de time Ah wuz er fixin' 'im up lak dat Ah
wuz er cryin' en er thinkin' 'bout de times Ah'd sot
by Miss Calline's fiah en put 'is li'l' shoes on 'is li'l'
white foots w'en 'e wuz jes' er li'l' boy, so safe at
home; en now Ah'd come ter wroppin' uv 'em up
lak de niggers whut b'longst ter po' white folks.

"W'en Ah got thoo Marse Billy look at 'is foots
en den 'e look at me. Ah tried ter keep 'im f'om
seein' Ah's cryin' en 'e try ter look lak 'e don' see

hit. 'E jes' grin en cut de pigin wing 'roun' de fiah en 'e say, 'Dave, dey's ez fine ez er fiddle. Is yer got some fer yerse'f?

"Hit alluz mek things look er li'l' bit diff'ent w'en Marse Billy grin, en dat night, atter us drunk whut us could er de steer's soup, me en Marse Billy runned er reg'lar shoemakin' bizness ez long ez de hide hilt out—en f'om dat time on er cow stood er mighty slim showin' in dat kimmunity."

CHAPTER IX

CONFED'RIC GOL'

" AH ain' gwine ter try ter tell yer 'bout dat las' fightin' 'roun' Richmon' en at Five Forks, hit wuz so mixed up en de sodgers wuz so wo' out dat dey cu'd skasely tote dey guns. Me en Marse Billy wuz in all uv hit, en 'e reely couldn' er kep' out to'des de las' effen 'e'd wanted ter, kaze dey'd tuk in plenty boys ez young ez him—en plenty ol' mens too—en eben wid dat de sodgers wuz 'bout seben yards apart in some places in dat fight at Five Forks.

"On 'count er me not havin' no love fer de nachel fightin', en on 'count er tryin' ter keep ez fur f'om hit ez Ah cu'd en still look atter Marse Billy, Ah hadn' nuvver seed Gine'l Lee tell atter dat las' fight. Atter de fight do', 'e called all 'is mens togedder en made 'em er speech.

"Ah reely didn' onderstan' much er de speech, dey wuz er good deal 'bout 'e don' wan'er lose no mo' lives, en 'bout buildin' up de kentry, en 'bout de s'rinder.

"De gine'l sho' wuz er fine figger uv er man fer 'is aige; 'e sot 'is hoss so straight en hilt 'is haid so high you sho' wouldn' er thought 'e'd los' noth-

in' effen 'is voice hadn' been so sorrowful. De mens
wuz all gethered 'roun' in dey ol' raggedy gray
uniforms, leanin' on dey guns, en Gine'l Lee sot
up on er big gray hoss talkin' ter 'em.

"Ah nuvver is seed dat many mens so still, dey
jes' stan' wid dey haids down lis'nin'. All de time
'e wuz er talkin' Gine'l Lee's voice wuz stiddy but
hit mek yer wan'er cry eben ef yer is jes' er nigger
en dunno whut 'e sayin' kaze hit soun' lak 'e cryin'
inside.

"Atter 'e finish, eb'ything so still dat Ah look
'roun' ter see howcome de mens don' holler en
hoorah lak dey been er doin' w'en de gine'ls talked
ter 'em en, Lawd! ef dat whole army wa'nt er
cryin'.

"Ah'd seed plenty mo' er dem mens cry 'sides
Marse Billy, do' dey alluz seemed ter try ter keep
hit sorter private; but now dey look lak dey don'
keer who see 'em. Ah looks back at Gine'l Lee en
'e wuz cryin' too, 'e jes' tu'n 'is hoss en rid off but
'e ain' hol'in' 'is haid high no mo'.

"Ah goes up ter Marse Billy en ax 'im whut do
de speech mean, en 'e say, 'Hit means dat de war is
ober.'

"Ah ax 'im wuz us gwine home, en 'e say us wuz,
en den—hit's de Gawd's trufe—'e cry some mo'.
Dem white mens sho' wuz hard ter saterfy.

" 'E so sorry 'bout hit dat Ah don' want 'im ter see how glad Ah is but Ah bleeged ter try ter comfort 'im somehow ef Ah kin. Ah tell 'im nemmine 'bout hit so much, us'll git home time 'nuff ter start some kin' uv er crap en us sho' won' be hongry no mo'.

" 'E don' cuss me ertall, 'e jes' tol' me please (please, min' yer) ter gwan en let 'im 'lone; en Ah dassent say nothin' else ter 'im.

"De mens don' start home do, dey jes' sets 'roun' atter roll call lak los' sheeps. Dey don' eben talk none; en w'en Ah seed Ah couldn' fin' out nothin' 'dout axin', Ah axes one uv em why us don' gwan home.

"De man don' look at me ertall, 'e jes' drawed er long breff en say dat us ain' s'rindered yit. Ah looks at 'im en 'cides Ah won' ax 'im how is us gwine ter s'rinder, en why don' us do hit. Ah jes' sets down en waits wid de res'.

"In er 'bout er hour er so us got de order ter fall in line en Ah notice de sodgers all cyared dey guns lak dey gwine ter er fight en, Lawd! Ah wuz sho' skeered stiff fer fear dem gine'ls don' change dey min's 'bout dat s'rinder. W'en Ah look at dem men's faces, speshally Marse Billy's, dey wa'nt er one uv 'em Ah dast ter ax whar us wuz gwine so Ah jes' went 'long wid 'em 'dout sayin' nothin' 'tall.

"Us ma'ched on back ter Appomatox Co'thouse en jes' stood in line, de mens hol'in' dey guns en not sayin' nothin'. Ah looked way up de line at de sodgers whut got dar fus' en dey wuz er steppin' up en stackin' dey guns 'fo' er passel er Yankee orficers. Ez de line 'ud move up ouah orficers 'ud han' 'em dey swo'ds en de sodgers 'ud lay down dey guns.

"Soon ez Ah seed whut dey wuz doin' Ah thought 'bout de time Marse Billy cuss me kaze Ah try ter tote 'is gun; en Ah know hit wuz gwine ter mos' kill 'im ter lay hit down dat erway. Ah look at 'im whar 'e wuz stan'in' by de well in de co'thouse yard en Ah seed 'e wuz projeckin' wid 'isse'f 'bout somep'n. 'E'd look at 'is gun en den 'e'd look at de well, en den 'e'd say somep'n ter de boy nex' ter 'im; en Ah knowed 'e stiddyin' 'bout somep'n else 'sides layin' dat gun down.

" 'Bout dat time de lines move up er li'l' en dat puts Marse Billy spang eben wid de well. 'E look at 'is Cap'n en den 'e look at de Yankee orficers lak 'e still stiddyin' 'bout somep'n. Ah's stan'in' right 'hin' 'im en Ah heerd 'im say, 'Ah'll not s'rinder *mer* gun,' en 'e retch up en ease hit down inside de well en drap hit; en Ah wonders why eb'ybody dar didn' hear de 'chug' w'en hit strak de water. Well, sir, de boy whut wuz nex' ter 'im do jes' whut 'e do,

en w'en de res' er dem mens seed 'im all uv 'em
whut wuz in de comp'ny, en ain' done already pass
de well, done de same. Hit didn' look right ter
ruin up de well lak dat but Marse Billy seem ter be
in better sperrits atter hit wuz done, en dey's so
many uv 'em dar dat nobuddy ain' ax 'im no
queschons 'bout 'is gun.

"Atter us got back ter camp en gethered up whut
li'l' stuff us had Ah ax Marse Billy how wuz us
gwine ter git home, en 'e say us'd walk, er co'se.
Ah knowed hit wuz er mighty long walk ter start
on sich er empty stummick but Ah's r'arin' ter go
en Ah beg 'im ter come on, le's go now.

"Us didn' hab ter start hongry, howsomeber, kaze
Gine'l Grant 'vited us ober ter dey camp en dey
sho' fed us full 'fo' us started. But eben dat didn'
seem ter mek much diff'ence ter de mens fer w'en
time come fer 'em ter start home dey sutten'y look
lak dey dunno which way ter tu'n. Some uv 'em
walks er li'l' piece one way en den tu'n 'roun' en go
anudder way. Marse Billy, 'e don' start ertall, 'e
jes' sets down in de grass 'side de road en sot dar
lak 'e ain' gwine nowhar'.

" 'E look so po'ly dat Ah set out ter fin' Marse
Robert kaze Ah thought 'e mout tease 'im er li'l'
en git 'im in better sperrits ter start; but w'en Ah

foun' 'im, bress Gawd, Marse Rober wuz ez bad
off ez Marse Billy—er wusser.

" 'E ax me whar is Marse Billy en w'en Ah tell
'im 'e th'owed me de bridle uv 'is hoss en gwan
whar Ah tell 'im 'e's at. Ah tollers 'm on, leadin'
de hoss, en w'en us got dar Marse Billy ain' move,
en Marse Robert jes' draps down 'sides 'im. En
den don' nair one uv 'em say nothin'.

"Dey sot dar en de sun wa'nt mo' en fo' hours
high, en us wuz mos' er thousan' miles f'om home.

"Atter while do, Marse Robert say ter Marse
Billy dat dey'd tek tu'ns wid de hoss ez long ez 'e
las', en den dey'll tu'n 'im loose en bofe walk de
res' er de way. 'E try ter mek Marse Billy tek de
fus' ride but 'e won' do hit, en so Marse Robert
rid on en tol' 'im 'e'd wait fer us down de road er
piece. Us coch up wid 'im long late in de ebenin'
en Marse Billy rid er spell, but 'twa'n't long 'fo'
'e stop en wait fer us. 'E say dat 'e'd been wid
'is crowd so long dat 'e b'l'ebe 'e'ed ruther go wid
'em de res' er de way. 'E say 'e don' wan'er ride
nohow.

"Marse Robert try ter reason wid 'im but 'twa'n'
no use, en bymeby 'e rid on en lef' us. Marse Billy
sot down by de side er de road en waited tell some
er de boys out de ol' Comp'ny coch up wid us en
den us went on. Dey wuz all boys f'om ouah

neighborhood, some uv 'em younger den Marse Billy now. Dey wuz 'bout five uv 'em en whilst dey didn' hab much ter say hit 'peared lak dey felt er li'l' better f'om jes' bein' togedder.

"De Yankees had done gi'ed us rations 'nuff fer dat day en er li'l' atter sundown us camped by er li'l' spring en et ouah snack er supper, en sot dar by de fiah talkin' er long time.

"One er de boys ax Marse Billy ter git out 'is fiddle en 'e played ober de war chunes atter 'e'd played de chune whut 'e'd learnt f'om Miss Betsy. Dey all don' seem quite so low sperrited atter dat en dey eben sung er li'l', but us soon wropped up in ouah blankets en laid down by de fiah en drapped ter sleep.

"Ah didn' know how us wuz gwine ter git thoo de nex' day kaze Marse Billy'd done already tol' me Ah got ter stop stealin', en us didn' hab no mo' rations. Den too, de sodgers wuz paid off in Confedric money en hit wa'nt no 'count now. Us went on down de road do', en de fus' house us come ter Ah look 'roun' keerful ter see ef dey's any prospecks er bre'kfus'. Dey seem ter be er heap er cookin' er gwine on in de yard en dey wuz some planks nailed up ter de trees in de grove lak dey wuz gwine ter hab er bobbycue.

"Marse Billy en de yuthers kep' right on lak

dey don' see nothin' but Ah sho' did hate ter pass
dat place by. 'Fo' us got clean by, howsomeber,
er slim, gray-haided ol' gent'man come down ter de
gate en ax us is we all had bre'kfus'.

"Marse Billy sorter laff en tell 'im dat us wa'nt
'spectin' none.

"De ol' gent'man den ax us ter come in en hab
some wid 'im, en Dave sho' wuz one thankful nigger.

"Dey had plenty er good hot cawn pone en fried
middlin' en sas'frass tea sweetened wid 'lasses, en
de young ladies er de house waited on de table
whilst de black 'oman whut wuz doin' de cookin'
gi'ed me er plate by de fiah. Ah sot dar en watch
Marse Billy, 'e alluz wuz er pow'ful han' wid de
ladies, en Ah cu'd see 'is sperrits risin'. Hit wa'nt
long 'fo' 'e had 'em all er talkin' en er laffin' lak 'e
uster do in camp—dat boy sutten'y wuz er tonick
fer low-sperrited folks kaze w'en 'e sot out ter git
'em thoo de dumps dey mout ez well come fus' ez
las' fer come dey would.

"De young ladies ax 'im ter gib 'em er chune on
'is fiddle en dey had sich er good time whilst us wuz
dar dat some er de folks foller us ter de gate en
look lak dey sorry ter hab us go.

"Hit wuz jes' dat erway all 'long dat road to'des
home; might' nigh eb'y house us passed offered us
somep'n t'eat. Sometimes de folks wouldn' hab

nothin' but er washpot full er fiel' peas er cookin'
in de yard; en mebby dey'd be meat in de pot en
mebby dey wouldn'.

"Sometimes Marse Billy en de yuthers would
stop, but heap er times, w'en dey didn' see no young
ladies erbout, dey'd pass de time er day wid de
folks en tek dey tin cup er peas en dey cawn pone
en march on down de road, eatin' hit.

"De nigher us got ter home de higher Marse
Billy's sperrits riz' en by de time us got ter de ol'
pontoon bridge en cross Broad Ribber right whar
hit run inter de Savanner, 'e seem er right smart
lak de boy 'e uster be.

"De ol' cannon wus still er settin' up on de high
bluff ober de pontoon bridge, but de gyards wuz all
gone en us crossed 'dout seein' nobody ertall. Hit
sho' wuz er lonely road thoo dat part er de kentry;
us nuvver met er livin' soul f'om de time us crossed
dat bridge tell us struck camp dat night.

"Marse Billy had done squirmished 'roun' en
got hol' uv er li'l' somep'n t'eat w'en us passed thoo
de las' town kaze e knowed dey wouldn' be no place
ter git nothin' on dat road en 'e ain' lemme steal
er Gawd's thing sence de s'rinder. Us struck camp
in de aidge uv er thick woods en started ter cookin'
supper. Hit wuz er cloudy, misty night en right
smart chilly. Us sot up clost 'roun' er big fiah en

de mens wuz er talkin' en er laffin' but Ah wuz er
lookin' at de big trees all 'roun' us en thinkin' Ah
ain' nuvver seed sich black shadders ez de fiahlight
sont dancin' thoo dem woods. Ah dunno whut
wuz de matter wid me dat night; dem shadders
wuz on mer nerves. Sometimes dey look lak dey
hol'in' han's en circlin' 'roun' us, en sometimes dey
run off thoo de woods. Dey look so deblish yer's
glad dey's gone on'y, de fus' thing yer knowed,
dar dey wuz ergin, right ober yer shoulder—en de
dark jes' shet us in lak er wall.

"All at onct, whilst Marse Billy wuz er playin'
'is fiddle—en whut de name er Gawd 'e picked dat
chune fer Ah dunno, but 'e wuz playin' 'De Camels
Is Comin'—Ah heerd somep'n dat sho' made me set
up en lissen. Ah punch Marse Billy kaze hit soun'
lak er whole comp'ny uv artillery lumberin' down
de road; but 'e had done struck inter 'De Debil's
Dream'; en wuz might' nigh snatchin' de innards
out dat fiddle en don' pay me no min'. Ah punch
'im ergin en 'e lay ' is fiddle cross 'is knees en ax
me whut de debil do Ah want now.

"Ah tol' 'im fer Gawd's sake ter lissen fer 'isse'f,
en den dey all got up en stood dar er lis'nin' down
de road. Ah begs 'em all ter put out de fiah right
quick en hide in de bushes tell us seed whut wuz
passin' kaze Ah sho' didn' wanter git mixed up wid

no mo' army doin's; but dey don' pay me no min' ertall; dey jes' steps out ter de side er de road en waits fer whut's comin'.

"De rumblin' come closter en closter but hit so dark yer couldn' see yer han' 'fo' yer face w'en yer lef' de fiah. By de time whuteber hit wuz got down in de holler whar us wuz camped hit soun' lak er whole artillery reg'ment wid de *am*berlances behin' 'em. Marse Billy retched back en drapped anudder lit'od knot in de fiah en hit blaze up en th'ow de light er right smart ways down de road; en us seed hit wa'nt nothin' but er waggin train.

"W'en de fus' man druv up 'e stop en say, 'Gent'-mens, we's ready ter gib up en we won' mek no trouble ertall.'

"Marse Billy en de yuthers tell 'im dat dey dunno whut 'e talkin' 'bout but ef dey's thinkin' uv strack-in' camp dat night us'd be pleased ter hab 'em jine us.

"De man didn' say nothin', 'e jes' pull ter one side en wait fer de yuther drivers ter come up. Dey wuz fo' heaby kivered waggins wid fo' hosses ter eb'y one, en de hosses wuz so fagged dat dey jes' leant up 'ginst one anudder w'ere dey stop.

"De fus' driver got out 'is waggin en went back en tol' de yuthers dat dese gent'mans ax 'em ter strack camp wid 'em fer de night, en 'e ax 'em whut do dey wan'er do.

"De mens all got out den. Dey wuz two in eb'y waggin en dey had on ol' gray nuniforms, en dey toted mo' pistols en swo'ds den Ah'd seed sence us lef' de war. Dey come up ter de fiah en looked us ober mighty cur'ous lak en ax us who us is en whar us wuz gwine. Atter dey foun' out all dey wan'er know 'bout us dey say dey'd be pleased ter spen' de night.

"Us hoped 'em ter tek out dey hosses en Ah sutten'y wuz sorry fer dem po' critters. De strange mens fed 'em some cawn en jes' tu'nt 'em loose en dey sho' nuvver moved fur f'om dey tracks dat night.

"Atter us finished wid de hosses de strange mens come back ter de fiah en ez dey hed plenty er rations wid 'em us hoped 'em cook dey supper. W'en hit wuz done dey axed us ter jine em en, seein' ez how dey had so much better'n we-all, us et wid 'em ergin.

"Atter supper dey sot dar 'roun' de fiah en look so 'spondent dat Marse Billy try ter cheer 'em up. Dey seem ter hab somep'n pow'ful 'sponsible on dey min's, en 'pear lak dey sufferin' ter tell hit but dey don' jes' 'zackly know how ter start 'bout hit. Dey looks f'om one ter de yuther uv 'em lak dey waitin' fer somebody ter speak fus'.

"Bymeby de man whut druv de fus' waggin cleared up 'is thote en tuk er long breff en say, 'Gent'mens, we's in mighty ser'ous trouble 'bout er

li'l' matter dat we'd lak ter speak wid yer erbout'—
de yuthers looked lak dey mighty glad 'e started talk-
in' en dey leans forrard en lissens mo' anxious lak
dan we all.

"De man went on, 'No doubt y'all is er wonderin'
whut dis waggin train en dese gyards means, en
hit's er secret whut's been kep' faithful sence us
lef' Richmon', but hit's er secret whut kin be kep'
no longer, en, gent'mens, we axes you ter he'p us
ternight.'

" 'In dem waggins dar, is all de gol' whut wuz in
de Confed'ric trezry. Hit wuz gib ter us jes' 'fo'
Richmon' fell en de ones whut started us off didn'
hab time ter gib us no full 'structions 'bout whut
ter do wid hit. Dey jes' tol' us ter try ter keep de
Yankees f'om gittin' hit en ter gib hit ter President
Davis ef us could. Now de Yankees is pressin' us
clost en ouah hosses is wo' out. We cut de pon-
toon bridge w'en we pass ober but dat won' sabe us
long. We's been er trabblin' fer mo' en er mont' en
we's ready ter stop en, gent'mens, we axes you all
ter he'p us dispoze er dis gol' ternight kaze hit's
mo' en ouah lives is wuth ter keep hit.

" 'Ef we don' do somep'n wid hit ternight de
Yankees'll git hit termorror; en whilst hit don'
b'long ter us, hit sutten'y don' b'long ter dem, en
we's been er gyardin' hit so long dat we hates ter

gib hit ter 'em. We cyan tu'n hit ober ter de president kaze 'e's done been capchered en we cyan git red uv it 'dout some he'p kaze we don' know nothin' 'bout de kentry thoo hyr. Whut do yer think, gent'mens?'

"Ah looks at dem strange men's faces gethered up 'roun' dat fiah en hit seem ter me lak de black shadders is er circlin' up closter en closter 'hin' 'em, en dat dey's er lis'nin' en er motionin' at 'em. We all look at de strange mens en dey look at us but don' nobody speak. De li'l' blue flames dey's er dancin' en hit look lak dem shadders is er playin' some deblish game 'hin' ouah backs en dat dey's er laffin' en er p'intin' at us, but don' nobuddy see hit but me.

"Bymeby Marse Billy say, 'Whut do yer mean by gittin' red er de gol'?'

"De man cl'ar up 'is thote ergin en say, 'How kin we git red uv hit 'dout 'vidin' hit up en hidin' hit?'

"Dem boys, kaze dey wa'nt nothin' else, sot dar lak dey's stiddyin'; den dey sorter 'gin ter talk hit ober 'mongst deyse'fs. Ah tech Marse Billy en sez, 'Marse Billy, fer Gawd's sake don' go 'fusin' er dat gol'. He'p dem mens do whut dey wan'er do kaze w'en yer gits home yer'll sho' need dat money. Dey tell me Mr. Linkum done freed all yer paw's triflin' niggers en ef yer tek hit yer kin sen' off en

git some mo'—en Ah hopes ter de Lawd yer'll mek
me dey oberseer.'

"Marse Billy look lak 'e don' eben hear whut Ah's
sayin', 'e tu'n ter de mens en say, 'We's sorry, gent'-
mens, not ter be able ter he'p yer in dis but hit
wouldn' be right fer us ter tek dat gol'. We's
been er fightin' fer de Confed'ric gov'ment fer fo'
ye'rs en we don' wan'er rob de trezery now w'en
hit's er passin' thoo hit's darkes' hour er tribberla-
tion. Ah sh'd think dat, sence yer'd come dis fur,
de bes' thing ter do would be ter try ter mek hit on
ter Milledgeville en, in de name er de Confed'ric
states, tu'n de gol' ober ter de gov'ner er Georgia.'

"All ouah boys 'gree wid Marse Billy en say dey
cyan' tek de gol' ne'ther en dey all say hit's de bes'
ter gib hit ter de gov'ner.

"De strangers look monstrous dissap'inted kaze
dey say dey know dey'll git kilt 'fo' dey git ter
Milledgeville. Dey say dey cyan' leab hit howsome-
eber, kaze dey'd swo' dat dey'd de de bes' dey kin
ter put hit in er safe place.

"Atter dey stop talkin' 'bout hit us went ter baid
on de groun', same lak us been er doin', but de
strange mens got up in dey waggins. 'Twa'nt long
'fo' 'bout all uv 'em wuz sleepin' but mer min' kep'
er dancin' en er turnin' lak dem shadders en Ah jes'
shet mer eyes en laid dar thinkin' 'bout dem big
chists full er Confed'ric gol'. "

CHAPTER X

"ALL dat night Ah couldn' sleep fer hopin' Marse Billy'd change 'is min' 'bout dat gol'; but de nex' mawnin' dey wuz all er de same 'pinion en Ah wa'nt de onlies' one whut wuz dissap'inted. De strange mens wuz still er beggin' we all ter he'p 'em do somep'n wid hit en Marse Billy en de yuthers wuz still er 'fusin'.

"Dey sutten'y wuz sorrowful lookin' mens w'en us hoped 'em ter git off en showed 'em de way ter Mliledgeville; en Ah wuz sorry fer 'em. Atter dey'd thanked us en tol' us goodbye, en atter dey'd been on de road 'bout fo' hours, us heerd de tromp-lin' uv hosses behin' us en dis time Marse Billy en de yuthers lissens ter me w'en Ah ax 'em all ter le's hide in de bushes tell us see who's comin'. Us hadn' mo'n got outer sight 'fo' 'bout twenty Yan-kee kevelrymens come gallopin' by, en gentermens! dey's er ridin'. Dey's er lookin' ter de right en ter de lef' en nobuddy but de good Lawd knowed how Ah wuz trimblin' 'hin dem bushes.

"Atter dey pass en us seed dey wa'nt no mo' com-in' right now, us got up en started on down de road.

Ah sho' wuz sorry fer dem strange mens in de kiv-
ered waggins en Marse Billy look lak 'e er right
smart 'sturbed 'isse'f. Bymeby 'e say dat ef us'd
went er piece wid 'em hit would er been mo' eben.

"De yuthers all say, 'Da's so, but hit's too late
now.'

"All dat day us couldn' seem ter talk 'bout nothin'
but dem strange mens en de waggins full er gol'.
Marse Billy kep' er sayin' dat 'e hoped dey got 'way
f'om de Yankees en all de yuthers 'greed wid 'im,
but us knowed dey didn'.

"Us went on all dat day 'dout seein' no signs uv
'em en jes' 'fo' sundown us seed fo' er dey hosses,
wid dey harnesses danglin', eatin' 'long side de road.
De hosses wuz so tangled up dat Marse Billy
stopped en cut 'em loose, en er li'l' furder on us
come ter de waggins deyse'fs. Some uv 'em wuz
tu'nt ober en de chists wuz busted open en de gol'
wuz gone but de las' one er dem strange mens en
nine er de Yankees wuz scattered 'roun' daid.

"Hit sho' looked lak dem Yankees had er squirm-
ish 'fo' dey got whut dey come fer, en ter dis day
Ah don' see how de ones whut wuz lef' cu'd er got
erway wid dat much gol.' Dey sho'ly mus' er bur-
ied some uv hit under dem big trees clost ter whar
dey took hit kaze dey sutten'y couldn' er toted hit
fur. En de part whut dey took wid 'em didn' do

'em no good ertall kaze er passel er low-down white
mens, whut managed somehow ter hide out f'om de
war, heerd 'bout de waggins en, in lookin' fer dem,
met de Yankees wid dey saddlebags fuller gol'. Dey
had anudder squirmish en mos' all er de Yankees
wid some er de white mens wuz killed up 'bove
Wash'n'ton en don' nobuddy know whut 'come er
de res'er de gol'.

"Ez fer me, w'en Ah pass dem waggins dat day
Ah marked de place ter merse'f kaze Ah b'l'ebed in
mer soul dat mos' er dat money wuz buried right
dar.

"Marse Billy say 'e didn' b'l'ebe dat dem Yan-
kees whut got de gol' wuz trabblin' under orders.
'E say 'e b'l'ebe dey wuz jes' foragin' fer deyse'fs
en da's whut Ah b'l'ebe too. Dey'd jes' 'bout heerd
dat President Davis had come thoo Wash'n'ton en
dey figgered dat de waggins would be mo' en ap'
ter foller 'im en dat dey'd cut 'em off, which dey
done. Ef dem mens had b'longed ter de reg'lar
army en dey'd got kilt up dat erway Ah b'l'ebe
dey'd er tried ter hol' somebuddy 'sponsible fer de
killin' en f'om dat day ter dis dey ain' nobuddy
heerd nothin' 'tall erbout 'em.

"Mo' en dat, Ah b'l'ebes dat dem saddle bags
full er gol' whut de Yankees tuk wid 'em is all uv
hit dat eber got back ter cirkerlashun kaze fo' wag-

ginloads full er gol' would sutten'y made er splurge
w'en hit got tu'nt loose en dey ain' nuvver nobuddy
heerd whut come er de res' er dat money. De Yan-
kees whut buried hit knowed whar dey put hit, er
co'se, but Ah don' b'l'ebe none uv 'em eber got back
ter see 'bout hit."

"Didn't you and grandfather ever go back to
look for the Confederate Gold, Uncle Dave?"
whispered William breathlessly, as the old man
wiped his wrinkled face with a red bandanna—Rob-
ert and Reggie had deserted long ago.

"Lawd, honey, Ah couldn' neber git Marse Billy
ter eben talk 'bout dat money en Ah couldn' do
nothin' by merse'f. Times got harder en harder en
us got po'er en po'er. De niggers wuz freed en
tu'nt loose on de white folks. Dey wouldn' wuck
en de white folks didn' hab nothin' ter pay 'em wid
ef dey had. De niggers bleeged ter live en mos' uv
'em done hit by ravegin' en robbin' en Ah sho' wuz
glad w'en de Klu Kluxez riz up en put 'em in dey
places kaze Ah knowed Marse Billy'd perteck me.
'E wuz one er de maines' Klu Kluxez en 'e sho'
made niggers stan' 'roun', but Ah nuvver did lak
ter see 'im in dat nuniform—'e didn' look nachel.

"One day atter times got sorter straightened out
en atter Marse Billy had done fotch Miss Betsy en
Hanner home, Ah wuz er teckkin' er li'l' cawn ter

mill en Ah pass dat place whar dat ol' gyard tuk
dey las' stan'. Hit wuz de fus' time Ah'd passed
de place w'en Ah had de chanct ter look 'roun' en
Ah stops mer waggin en gits out. Ah sighted f'om
de tumbledown mile pos' ter er big tree whut Ah'd
sorter picked out ez bein' easy ter fin' 'mongs' de
yuthers kaze hit wuz so diff'ent. Hit wuz ol' en
knotty en de limbs might' nigh retched de groun'.

"Ah 'members hit wuz in de fall er de ye'r en
dey wuz so many daid leabs on dat groun' dat dey's
mos' knee-deep, en de trees wuz so thick dat hit
wuz jes' twilight in dem woods, fer all de trees
wuz so naked.

"Ah jes projecks 'roun' er while under dat ol'
tree, lookin' fer whut Ah cu'd fin' en, sho' 'nuff,
right up at de root Ah picked up ha'f uv er swode
wid de hilt on hit. Marse Billy had learnt me er
li'l' readin' en Ah knowed de letter *U S* stood fer
de Yankees, en de letters *C S* stood fer we-all, en
hit made me feel sorter res'less lak ter think dat
mebby one er dem ol' gyards lef' dat swode dar
handy whar 'e cu'd git hit on short notice.

"Somep'n kep' er tellin' me, 'Nigger, git out f'om
hyr,' but Ah bit down wid mer teefs en kep' on
projeckin' 'roun'. Ah couldn' he'p f'om lookin'
'roun' do', Ah wuz so nervous, en de trees wuz all
gray—jes' de color er de nuniforms dem ol' gyards
wo'.

"Ah kicked up de leabes all 'roun' de roots er dat tree en on one side, mixed up wid de rich black yerth wuz some li'l' balls er yaller clay, en yer know clay don' b'long on top er de groun' in no sich woods lak dat.

"Ah wuz lookin' fer somep'n' ter scratch er li'l' deeper wid en dar, kivered up wid dat clay, wuz er rusty ol' bay'net. Ah picked hit up en wuz er scrapin' erway en de deeper Ah got de mo' clay Ah foun' w'en, bress Gawd! Ah stuck de bay'net inter somep'n' dat wa'nt clay. Ah pulled hit out en stickin' on de p'int uv hit wuz er piece uv er ol' Confed'ric nuniform. Hit wuz all rotted en fallin' ter pieces but de *C S* wuz still er showin' plain on de buttons.

"Ah nuvver looked 'roun' no mo' kaze Ah's skeerd dat Ah'd fin' somep'n Ah didn' wan'er see, Ah lit out er dem woods right den, but ter save mer soul f'om torment Ah couldn' keep f'om lookin back at dat ol' tree wid de knotty limbs mos' techin' de groun' en de gray shadders movin' w'en de breeze pass thoo. De daid leabes roll 'long 'fo' de win' en dey mek li'l' rattlin' noises lak somebuddy tiptoein', tiptoein' thoo de woods en Ah thought dem ol' gray gyards mout still be er hol'in' dey las' stan' whar dey made dey fight, en Dave sho' wa'nt de nigger ter 'sturb whut dey gyarded."

www.ingramcontent.com/pod-product-compliance
Lightning Source LLC
Chambersburg PA
CBHW020623250626
47154CB00004B/1633